Scotty MacKenncy

Das 3er

EXPERIMENT

AF191796

Meine Kindheit war durch die Religion der damaligen Zeit in Elgin, Nord-Schottland stark geprägt. Ich wuchs in einem streng katholischen Elternhaus auf. Die Kirche bestimmte mein bisheriges Leben, bis ich mich dagegen auflehnte. Schon sehr früh merkte ich, dass diese Art Leben nicht für mich gedacht war und in mir wurde der Rebell geweckt.

Erinnern kann ich mich noch an die eiskalten Winter kurz nach Kriegsende. Es waren die Jahre 1946 bis 1949 mit den kältesten Wintern und den klarsten Nächten. Der Himmel war hell erleuchtet und überfüllt mit Millionen von Sternen. Die Weite und Faszination, die von diesen hellen und grellen Sternen ausging, bestimmte meine Sicht über mein weiteres Leben. Von der kirchlichen Lehre verabschiedete ich mich, denn mit deren Ansichten, Lügen und Überheblichkeit kam ich nicht mehr zurecht.

Meiner Liebe zu meinen Eltern tat das keinen Abbruch. In meiner Jugend war ich bei den **Baden-Powell scouts of Scotland**, (Gründer: Sir Lord Robert-Baden-Powell of Gillwell), liebte Namenstage und Geburtstage, besonders auch Weihnachten und Ostern. Es gab dann immer Geschenke an diesen Tagen, doch in meinem Innersten rumorte es. Das war nicht das Leben, was ich mir vorstellte.

Scotty MacKenncy

Das 3er

EXPERIMENT

Entstehungsgeschichte der Menschheit.

Bibliografische Information der Deutschen Nationalbibliothek:
Die Deutsche Nationalbibliothek verzeichnet diese Publikation in
der Deutschen Nationalbibliografie; detaillierte bibliografische
Daten sind im Internet über http://dnb.dnb.de abrufbar.

© 2024 Autor: Scotty MacKenny
Verlag:
BoD · Books on Demand GmbH, In de Tarpen 42,
22848 Norderstedt
Druck:
Libri Plureos GmbH, Friedensallee 273, 22763 Hamburg

ISBN: 978-3-7693-1580-6

Vorwort

Das gesamte Leben auf unserem Planeten wurde immer von vielen Religionen bestimmt, wo man auch nur hinsah und hinhörte. Wenn man den verschiedenen Religionen wirklich Glauben schenken wollte, war man eigentlich schon verloren. Über Tausende von Jahren wurden die Menschen durch diese Religionen gegeißelt. Es wurde ihnen immer nur ein Glaube vorgespielt, der keiner wirklichen Überprüfung standhielt. Nirgendwo auf dieser Erde wurde bisher ein Beweis gefunden, der von einer Glaubensrichtung bestätigt werden konnte, diese sei der wahre Glaube und alles, was erzählt und überliefert wurde, sei die Wirklichkeit.

Jede Volksgruppe machte sich ihren eigenen Glauben zunutze. Da sind die Katholiken mit der Geburt Christi in Bethlehem, wonach sogar die neue Zeitrechnung in der westlichen Welt bestimmt wurde. Anders dagegen der Islam, der von Mohammed im 7. Jahrhundert gegründet wurde. Mohammed sagt man nach, er sei der wahre Gesandte Gottes. Er war nur ein einfacher Hirte, aber auf seinen Nieder-Schriften beruht der ganze Islam. Weiter gibt es den Hinduismus, der ca. 2000 Jahre vor der Neuzeit gegründet wurde. Auch hier gibt es keinen realistischen Beweis. Außerdem gibt es auch noch den

Buddhismus und das Judentum, oder alle anderen Religionen der verschiedenen Völker in Nord- und Süd-Amerika, in Afrika usw. Nirgends, aber auch wirklich nirgends wird man einen Beweis finden für deren Richtigkeit. Alle Menschen sollen, in welcher Religion sie auch beheimatet sind, gnadenlos und kompromisslos daran glauben und diese, ihre Religion, verteidigen.

Dabei ist unsere Wissenschaft heute in der Lage zu beweisen, wann die Erde entstanden ist und wie viele sogenannte Erden es im Universum geben kann. Jeder normal denkende Mensch kann doch nicht glauben, dass unsere Erde die einzige ist, unter Milliarden von Sonnen, Planeten und Sternen, sowie Galaxien und Universen. Wir wissen heute noch gar nicht wie viele es gibt, auf der es intelligentes Leben gibt. Unsere bescheidenen Mittel reichen noch nicht einmal aus, unser Sonnensystem zu erforschen. Von den Entfernungen zu anderen Sonnensystemen oder gar Galaxien können wir nur träumen.

Um einmal zu zeigen, was alles geschehen kann und wie klein unser Gehirn denken kann, habe ich dieses Buch geschrieben.
***Alpha-, Beta-, Delta- und Theta-Wellen** waren in mir. Als Siebener kannte ich nur noch Hyperwellen.*

Das 3er Experiment

Immer und immer wieder durchdringen mich diese Hyperwellen. Eine gewisse Zeit habe ich es dennoch verstanden, ihnen zu trotzen und diese Hyperwellen nicht zu beachten, ihnen einfach keine Gelegenheit zu geben sich in meinem Innersten einzunisten. Mit der Zeit ist aber auch meine übertriebene Angst vor einer feindlichen Übernahme restlos verflogen.

Behutsam, ja sogar äußerst behutsam, versuche ich meinen innerlichen Firewall eine Winzigkeit so zu öffnen, damit der vermeintliche Feind es nicht merken kann. Es ist eine meiner schwersten Entscheidungen. Letztendlich bin ich zu jeder Zeit wieder fest entschlossen, auch nur den kleinsten Eingriff in meine Psyche, sofort durch eine für ihn nicht wahrnehmbare Abschottung, zu unterbinden. Doch diesmal scheint wirklich alles anders zu verlaufen als das letzte Mal.

Damals, also vor sehr langer Zeit, ich war soeben in die vierte Dimension aufgestiegen, war mir noch nicht einmal bewusst, was der unbekannte Gegner mit mir vorhatte. Ich war ein wenig unbeholfen zu jener Zeit, vielleicht sogar noch nicht reif genug, denn ich ließ mich schlicht und einfach von ihm überrumpeln. Das sollte mir, jetzt und hier, in dieser Gegenwart, nicht widerfahren. Eigentlich existiere ich, wo ich mich augenblicklich befinde, immer in der sogenannten Gegenwart. Das musste ich mir immer wieder vor Augen halten, um mit dieser Situation klarzukommen.

Im Augenblick ging ich deswegen extrem vorsichtig vor, wobei ich bemerkte, dass mein Kontrahent, oder besser gesagt mein Unbekannter, den gleichen Fehler beging, wie ich ihn soeben beschrieb. Oder, sollte er, ich gehe nun einmal davon aus, dass es sich bei diesen Hyperwellen um einen „ER" handelt, noch ausgebuffter sein als ich? Das Strukturmuster dieser Hyperwellen ließ einfach keine andere Schlussfolgerung zu, als dass „ER" versuchte, mich zu manipulieren.

Wie ich damals reagierte, als ich überrumpelt wurde, weiß ich noch zur Genüge. Genauso einfach, wie für ihn damals, war es jetzt für mich, mit meinen Hyperwellen in ihn einzudringen, um sein Innerstes zu durchforschen. Dabei stieß ich auf Widersprüche, die mich wiederum veranlassten, und es mir ermöglichten, mich blitzartig zurückzuziehen. Mit der Raffinesse meines Kontrahenten hatte ich allerdings nicht gerechnet.

Seinen eigenen Firewall konnte ich durchbrechen, aber aus seiner inneren Umklammerung konnte ich mich so einfach nicht lösen. Was hatte „ER" mit mir vor? Scheibchenweise versuchte ich zu ihm vorzudringen, es wurde immer interessanter und aufregender für mich. Zudem merkte ich, dass „ER" und ich gar nicht so verschieden waren. Ja, wir waren sogar auf allen Ebenen ganz und gar gleich. Nur „ER" bediente sich einer anderen Sprache. Wieso verstand ich ihn dann doch?

Mittlerweile habe ich herausgefunden, dass wir uns beide in der gleichen Dimension befinden, eben in der „Siebten". Nur so kann ich es mir erklären, dass wir eins sind und doch zwei. Von anderen niedrigeren Dimensionen wusste ich aus Erfahrung, nur in der höchsten Dimension, eben der „Siebten", würde man eins werden können mit dem anderen. Nachdem ich die dritte Dimension verlassen hatte, durchschritt ich die Vierte, Fünfte und Sechste. Etwas Vollkommeneres als die siebte Dimension ist mir bis jetzt noch nicht bekannt.

Bisher war ich der Meinung, ich sei allein hier in der siebten Dimension. Von einem zweiten Wesen neben mir ahnte ich noch nichts. Um so überraschter und erfreulicher bin ich aber doch, dass noch jemand mit mir hier ist.

Immer vorsichtiger dringe ich in sein Innerstes ein, merke aber auch gleichzeitig, dass „ER" das Gleiche bei mir versucht. Wenn man so viel in der Vergangenheit schon erlebt hat, ist das anscheinend so. Wir tasten uns immer weiter und weiter vor, lernen uns somit auf diese Art und Weise richtig kennen.

Mit der Zeit weiß ich auch, wie ich ihn ansprechen kann. „ER" gab mir zu verstehen, sein Name sei „Ilja" und nicht mehr „ER". Ilja spricht mich nun auch mit meinem Namen an: „Hemma."

Dann eröffnet mir Ilja, woher er kommt, gleichzeitig erfahre ich, wieso er sich auch in der siebten Dimension befindet. Genau wie ich musste Ilja die dritte Dimension verlassen. Aufgrund unseres weitaus überdimensionalen IQs wechselten wir in die vierte Dimension, wie viele andere auch.

Nachdem wir merkten, dass die vierte Dimension für uns beileibe noch nicht befriedigend war, wechselten wir nach kurzer Verweildauer in die Fünfte und dann in die Sechste, um schließlich und jetzt in der „Siebten" anzukommen. Hier sind wir nun und stellen uns dieser Herausforderung, denn noch eine Stufe höher können selbst wir uns nicht vorstellen.

Im Nachhinein können wir sagen, etwas Vollkommeneres als die Siebte kann es nicht mehr geben. Ich fühle mich hier wohl und Ilja signalisiert mir, er auch. In den vorherigen Dimensionen haben wir unsere Geschicklichkeit und unser Wissen sinnbringend angewandt. Jetzt fühlen wir uns noch zu etwas Höherem bereit.

Ilja macht mir den Vorschlag ein Experiment zu starten. Ein Experiment ist immer gut, dachte ich. Allerdings weiß ich aus Erfahrung, dass ein einzelnes Experiment sehr schnell scheitern kann. So schlage ich Ilja vor, das Experiment nicht nur einfach oder doppelt anzulegen, sondern gleich dreifach. Ilja ist von meiner Idee sofort begeistert und so suchen wir in unseren Gedanken nach einem guten Konzept.

Lass uns doch einen Planeten zum Leben erwecken, schlug ich ihm vor. In der Fünften und Sechsten hatten wir genug Erfahrung gesammelt mit dem genetischen Code, sodass uns das nicht schwerfallen dürfte. Ilja war überraschenderweise sofort damit einverstanden, doch das Problem bestand nur darin, drei gleiche Planeten zu finden.

Unter den mehreren Milliarden von Sternen und Planeten sollten doch drei gleiche zu finden sein, meinten wir. Da wir uns in der Siebten befanden, hatten wir kein Problem mit der Entfernung zwischen den einzelnen Planeten und Galaxien, genauso wenig wie mit deren Ausdehnung und Größe.

Wir besaßen die Fähigkeit in der Zeit hin und her zu springen. Die Siebte machte es uns möglich z. B. gleichzeitig, an verschiedenen Orten zu sein. Ob 10 Millionen Jahre zurück oder 10 Millionen Jahre in der Zukunft. In der Fünften und Sechsten nahmen wir noch langwierige Zeitreisen in Kauf, doch diese unterlagen bestimmten Richtlinien, die nicht über- oder unterschritten werden konnten.

Wenn ich noch an die Zeit denke, als ich in der Vierten war, muss ich heute schmunzeln. Für einen Siebener gehörte das Dasein in der Vierten zu den ersten Anfängen mit der Zeitbeherrschung. Dreidimensionale konnten sich gar nicht vorstellen, Zeitreisen zu unternehmen. So versuchten schon damals überaus kluge Köpfe auf meinem Heimatplaneten dieses Phänomen zu lösen. Alles vergeblich.

Auf der Suche nach den drei Planeten merkte ich plötzlich, wo mein unbekannter Freund und Mitbegleiter herkam. Ilja hatte in der dritten Dimension im Sternenbild Ephesus gelebt. Ephesus befand sich in der Spiral-Galaxie Andromeda. Ich dagegen im Sternenbild Eura. Die Sonne Eura war ein Stern unter Millionen in der Whirlpool-Galaxie. Beide Galaxien waren exakt 1,3642 Milliarden Lichtjahre voneinander entfernt. Für uns beide eben nur ein Wimpernschlag.

Bei der Unendlichkeit des Universums dauerte es dann doch eine geraume Zeit, bis wir drei Planeten gleicher Größe, gleicher Dichte und gleicher Umlauf-Geschwindigkeit fanden. Wir konnten auch nur in den Spiral-Galaxien danach forschen, denn in Radio-Galaxien, oder gar in den Elliptischen-Galaxien waren die Bedingungen ganz anderer Natur. Da hatten wir von vornherein keine Chance.

Einig waren wir uns auch darüber, dass alle drei Planeten so weit voneinander entfernt sein sollten, damit die Lebewesen, die wir aufgrund des genetischen Codes schaffen wollten, in absehbarer Zukunft nichts voneinander erfahren konnten und durften. Die Entfernungen dieser drei zueinander sollten einfach zu groß sein und demnach auch für einen Dreier nicht zu bewältigen sein.

Alle drei hatten in etwa die gleiche Atmosphäre, hatten somit Sauerstoff, Stickstoff und Wasserstoff. Sie verfügten ebenfalls über Berge und Täler, Seen und Meere. Nur eben sie waren für uns leblose Planeten. Leblos heißt aber nicht, dass auf ihnen keine niedrigeren Lebewesen existierten. Leblos heißt einfach, es gibt keine intelligenten Lebewesen dort.

Drei Parallelwelten sollten entstehen. Wir konnten diesen Welten gleiches Leben geben, um zu sehen, was sich daraus entwickelte. So naiv waren wir beide, nicht zu glauben, dass alles Leben auf den drei Planeten auch identisch verlief. Es würden schon gewaltige Unterschiede sein. Wir gaben diesen 3 Planeten die schönen Namen Terra, Thora und Tantra. Terra war ein Planet in der Milchstraßen-Galaxie. Thora entdeckten wir in der Andromeda-Galaxie und Tantra war mir bekannt aus meiner Whirlpool-Galaxie.

Alle drei waren in etwa gleich alt, ca. 4,5 bis 5 Milliarden Jahre. Und da sie fast die gleichen Elemente beherbergten, wie Stickstoff, Sauerstoff, Argon, Kohlendioxid, Neon, Helium, Krypton, Wasserstoff und Xenon, so hatte sich im Laufe der Zeit auch auf ihnen annähernd die gleiche Fauna und Tierwelt entwickelt.

Bisher wurden sie von keinem anderen intelligenten Lebewesen aus all den Galaxien besucht. Und das war schon etwas Besonderes.

Möglicherweise waren sie zu unbedeutend, als dass man mit ihnen Kontakt aufnehmen wollte, oder es war den anderen Lebewesen bekannt, dass sie einfach tot waren, obwohl sie sehr schön aussahen. Sie waren von anderen Galaxien aus gesehen hauptsächlich als blaue Planeten zu erkennen. Das lag aber an den riesigen Wasservorräten dieser drei. Keiner der uns bekannten Planeten hatte solch eine schöne Ansicht.

Allerdings waren sie auch dermaßen weit in ihren Galaxien verstreut, so dass sie so ohne weiteres nicht zu finden waren. Und das war gut so. Als wir noch in der dritten Dimension weilten, war es für uns unmöglich mit den vorhandenen Mitteln, die uns zur Verfügung standen, zu anderen Planeten oder gar Sonnen, und schon gar nicht in andere Galaxien zu reisen. Erst als wir die Dritte Dimension verließen, um in die nächst Höhere zu gelangen, hatten wir keine Probleme mehr mit den Entfernungen.

Wir hatten den dreidimensionalen Körper abgelegt und waren nun nur noch geistige Wanderer. Weiterhin dachten wir noch genauso wie in der Dritten, das konnten wir nicht ablegen, nur wir waren nicht mehr an einen Körper gebunden, existierten aber im Nichts.

In Gedankenschnelle bewegten wir uns in den Galaxien umher. Worüber wir auch nachdachten, oder uns etwas vorstellten, im gleichen Augenblick waren wir dann auch schon an diesem Ort. Es war einfach etwas Besonderes, so weiterzuexistieren.

Die Zeit schien für uns stillzustehen. Der dreidimensionale Körper hatte nur eine bestimmte Lebenszeit, dann zerfiel er. In der Vierten dagegen war einfach kein Ende abzusehen, die Zeit schien nicht zu existieren. Doch auch das sollte ein Trugschluss sein. In der vierten Dimension konnte man auch nur bedingt verweilen, wenn man nicht für die Fünfte bestimmt war, hörte man wie in der Dritten auch nach einer bestimmten Zeit einfach auf zu existieren. Nur das wusste keiner und wollte auch niemand wahrhaben.

Wir begegneten Unzähligen in der Vierten, die einfach nur glücklich waren, endlich zeitlos zu sein. Wir hatten nicht gedacht, Hunderte Vierer hier zu treffen. Man empfand keine Schmerzen mehr, konnte nicht mehr an Krankheiten leiden und konnte nicht mehr sterben, dachte man. Nur einer ganz bestimmten Gruppe war es nach einiger Zeit möglich die Vierte auf dem Weg in die Fünfte zu verlassen. Alle, die sich hier aufhalten durften, fühlten sich wie im siebten Himmel. Hatten wir doch das erreicht, was niemals für möglich gehalten wurde.

Wieder dachten wir, als wir dann endlich in der Fünften angelangt waren, wir seien hier in der Fünften unsterblich. Das Beherrschen des genetischen Codes ist in der Fünften die vordringliche Aufgabe. Alle sollten das beherrschen, doch es gab wie immer auch hier einige, die überfordert waren, und sich nach kurzer Verweildauer verabschiedeten, ja sie gab es einfach nicht mehr, wie in der Vierten.

Diese kurze Verweildauer entsprach auf jeden Fall einer Zeit, die weit mehr der Zeit entsprach, die man jemals in der Dritten verbracht hatte. Von der Fünften konnte man wie man wollte in die Vierte und auch in die Dritte wechseln, in dem man einfach entmaterialisierte und wieder zurück.

Das hatte Ilja genauso ausprobiert wie ich auch. In der Andromeda-Galaxie, im Sternenbild Ephesus, wo Iljas Wurzeln waren, auf einem kleinen Planeten namens Jul, lebte eine Spezies, die sich selbst Juninen nannten, seit etwa 20 Milliarden Jahren in der dritten Dimension. Allerdings hatte sein Heimatplanet nur eine Helium-Wasserstoff-Atmosphäre, die den Bewohnern von Jul eine höchste Lebensdauer von 3 Primaden ermöglichte.

Verglichen mit meiner dreidimensionalen Lebensart von ca. 12 Primaden war das ein bisschen ärmlich. Mein Planet war in der Whirlpool-Galaxie beheimatet, im Sternenbild Eura, auf dem Planeten Mooya, und besaß eine Sauerstoff-Stickstoff-Atmosphäre. Seit mehr als 35 Milliarden Jahren existierten wir Moorer.

Mittlerweile waren wir beide schon eine unendlich lange Zeit in der Siebten. Da wir hier in der Siebten unsterblich waren, kam uns die Zeit gar nicht lange vor, was sind schon 100 Millionen Jahre. Wenn man nun dagegenhält, 12 Primaden, das entspricht ungefähr einer Lebenserwartung von 144 Terra-Jahren. Diese Zeitrechnung in Jahren benutzen wir einfach, weil der Planet Terra sich in exakt 365,256 Tagen einmal in kreisförmiger Ellipsenbahn um seine Sonne dreht.

Bei dem Planeten Thora sind es genau 367.562 Tage und der Planet Tantra benötigt exakt 366.024 Tage. Diese 3 Planeten hatten dazu noch eine Eigenrotation, wodurch sich auf den Kontinenten sogenannte helle Gebiete und dunkle Gebiete bildeten, die sich aber nach einer bestimmten Zeit immer wiederholten.

Diese Zeit, von einer Wiederholung zur anderen, nannten wir Tage.

Innerhalb dieser 100 Millionen Jahre haben wir etliche Galaxien entstehen und wieder verschwinden sehen. Es gibt Galaxien, die nur kurz existieren und sich nach einigen Millionen Jahren durch eine Explosion auflösen, andere dagegen sind gerade erst entstanden und stecken, so gesagt, immer noch in den Kinderschuhen.

Wiederum andere wurden von den schwarzen Löchern, die sich in fast jeder Galaxie befinden, einfach verschluckt, denn die geballte Energie, die den Kern dieser schwarzen Löcher ausmacht, saugt alles in sich auf und nichts bleibt mehr von dieser eingesaugten Galaxie übrig.

Im Universum ist das ein ständiges Kommen und Gehen. Ganze Galaxien explodieren einfach und verschwinden. Durch diese gewaltigen Explosionen werden Energien freigesetzt und Milliarden von Sternen ins Universum geschleudert.

Einige werden von anderen Galaxien eingefangen und andere wiederum entwickeln sich zu neuen Galaxien. Auch die schwarzen Löcher verdichten sich immer mehr. Bei ihnen kommt es dann auch zu einer riesigen Explosion und sie bersten auseinander, verbinden sich ebenfalls mit anderen Galaxien.

Als wir noch dreidimensional dachten, war diese Theorie für uns unvorstellbar. Doch mit der Zeit der Durchwanderung von der Dritten bis in die Siebte haben wir das alles begriffen. Heute ist die Existenz der schwarzen Löcher kein Problem mehr. Normalerweise entsteht ein schwarzes Loch, wenn 2 Neutronensterne kollidieren. Das heißt, wenn beide sich auf ihren Bahnen so nahekommen, dass sie mit extremer Geschwindigkeit umeinander kreisen, bis sie letztendlich in einem gigantischen Blitz verschmelzen.

Keine Materie, ja noch nicht einmal Licht kann dann aus ihnen mehr entweichen. Durch diese extreme Dichte hat ein solches schwarzes Loch ein unvorstellbar hohes Gewicht. Technisch dürfte es für uns in der Siebten keine Schwierigkeiten machen, ein schwarzes Loch selbst herzustellen, versucht haben wir es leider bisher noch nicht.

Im Augenblick sind Ilja und ich damit beschäftigt diesen drei Parallelwelten Leben zu geben. Da alle drei Planeten über fast die gleiche Atmosphäre verfügen, war es eine Kleinigkeit an sich, dass sich nicht intelligentes Leben aus den Ursprungselementen selbst bilden kann.

So entstanden in den Gewässern Lebewesen, die nur im Wasser leben konnten, dagegen auf dem Land wiederum Lebewesen, die zum Atmen eben ausschließlich Sauerstoff und Stickstoff benötigten. Dadurch, dass sie alle unterschiedliche Bauelemente besaßen, entwickelten sich die verschiedensten Geschöpfe. Nur diese Bauelemente reichten beileibe nicht aus, daraus intelligentes Leben entstehen zu lassen. Dazu benötigte man einfach das Wissen über die Zusammensetzung des genetischen Codes und die Anwendung dessen.

Was wir in der Fünften und Sechsten alles über den genetischen Code lernten, war folgendermaßen. Der genetische Code ist nur eine Anleitung, nach der Dreiergruppen - Tripletts oder Codons - aufeinanderfolgender Nukleotide (oder Nukleobasen) die während der Protein-Biosynthese in Aminosäuren übersetzt werden.

Als Voraussetzung dieses Prozesses wird der DNA-Abschnitt eines Gens zunächst in ein mRNA-Molekül umgeschrieben, danach können bestimmte Teile dieser mRNA gezielt entfernt werden. Schließlich, während der

Translation, werden die Aminosäuren miteinander zu einer Kette verknüpft. Das nannten wir die Entschlüsselung des genetischen Codes. Alle Lebewesen, wie sie auch immer in den Galaxien verteilt sind, benutzen in Grundzügen denselben genetischen Code.

Nach genauer Überprüfung dieser drei Planeten stellten wir fest, dass sich die ersten Lebewesen nach ca. 3 Milliarden Jahren seit der Entstehung der Planeten bildeten. Im weiteren Verlauf von ca. 1 Milliarde Jahren waren sie mit einer Reihe von Tieren und Pflanzen übersät. Und in weiteren 500 Millionen Jahren lebten auf diesen Planeten Geschöpfe, die eine erstaunliche Größe hatten.

Terra hatte seltsamerweise die größten und kräftigsten Geschöpfe hervorgebracht, die eine Länge von einem Plethren und 20 Fuß hoch missten. Auf Thora war die Evolution noch nicht ganz so weit, denn hier erreichten die größten Tiere etwa nur die Hälfte der Größe wie vergleichbare auf Terra, und gar auf Tantra war wieder alles anders. Tantra hatte die gleichen Voraussetzungen wie auf Terra, doch die Lebewesen wiesen einfach ganz andere Merkmale auf, die wir im Augenblick nicht weiter erforschen wollten. Sie waren für unser Experiment nicht wichtig.

Möglicherweise waren hier schon vor einiger Zeit Geschöpfe aus der Fünften oder Sechsten aufgetaucht und haben ihr Unwesen mit den Lebewesen getrieben. Es sah nämlich ganz danach aus. Da sie den genetischen Code auch beherrschten, vermuten wir, sie haben sich hier so richtig ausgetobt. Das schreckte uns aber nicht davon ab, mit unserem Experiment auch auf Tantra zu beginnen. Denn auf die Idee, diesem Planeten Leben einzuhauchen sind sie nicht gekommen, oder haben sich nicht getraut.

Wir glauben beide, dass andere intelligente Lebewesen, aus den verschiedensten Dimensionen, noch nicht auf die Idee kamen, intelligente Lebewesen zu erschaffen, um sie für ihre Zwecke zu nutzen. Einfacher war es sicherlich, mit den vorhandenen Lebewesen Handel zu treiben und sie auszunutzen. Warum sollten sie sich die Mühe machen, für sich nutzbare Intelligenzen zu erschaffen, wenn es doch auf den Milliarden Planeten im ganzen Universum genügend Geschöpfe gab?

Gewaltige Sternenexplosionen in den letzten 400 Millionen Jahren haben diese Planeten von enormen Katastrophen erschüttern lassen, die sie hätten, zerbersten lassen können. Doch wie ein Wunder blieben alle auf ihren festgelegten

Bahnen, jeweils um eine Sonne kreisend. Doch diese Sonneneruptionen und die Geburt neuer Planeten in der Milchstraßen-Galaxie wie auch in den beiden anderen Galaxien, Andromeda und Whirlpool, verursachten vor ca. 65 Millionen Jahren eine Eiszeit auf den Planeten.

Durch diese Katastrophen erlosch fast alles Leben auf den Planeten Terra, Thora und Tantra. Bis auf einiges, denn total vernichtet wurde nicht alles. Die Lebewesen mussten sich anderen Lebensbedingungen anpassen und dadurch, dass die Bausteine des Lebens schon über Jahrmillionen ganze Arbeit geleistet hatten, erholten sie sich ziemlich schnell wieder. Das Leben erneuerte sich einigermaßen zügig, wenn auch ein wenig anders.

Wir beobachteten die einzelnen Gebiete dieser Planeten genau, denn eines war uns ganz klar, einfach nur jeweils 2 dreidimensionale Lebewesen auf ihnen entstehen zu lassen, das genügte nicht. Wie sollten sie sich vermehren? Wie lange sollte das denn wohl dauern? Es sollte schon zügig voran gehen, denn wir wollten auch genau beobachten, was aus den dreidimensionalen Lebewesen werden würde.

So entschieden wir uns, gleichzeitig mehrere sogenannte Paare zu entwickeln. Immer ein

Lebewesen, dem wir die Fähigkeit gaben, mit einem Teil seiner selbst dafür zu sorgen, dass weiteres Leben entstehen kann, und das andere Lebewesen konnte diesen abgegebenen Teil dazu benutzen, dieses einmal begonnene Experiment zur Vollendung zu bringen. Dafür mussten wir ihnen das Fortpflanzungs-Gen mit eingeben.

Damit diese Lebewesen auch jemanden hatten, mit dem sie sich verständigen konnten, denn das mussten sie erst lernen, zu dem sie aufschauen konnten, ja, auf den sie sich verlassen konnten, stellten wir ihnen von Zeit zu Zeit Wesen an ihre Seite, die mal aus der vierten Dimension, mal aus der Fünften und sogar aus der Sechsten kamen. Sie sollten ihnen ihren weiteren Lebensweg aufzeigen und ihnen mit Rat und Tat zur Seite stehen.

Wir nannten diese Wesen die sogenannten „Seher", wie „Propheten" oder „Wahrsager". Die von uns geschaffenen Lebewesen verehrten sie dementsprechend und bezeichneten sie später auch als „Götter".

Diese „Götter" konnten plötzlich aus dem Nichts heraus erscheinen, oder drangen unmerkbar in das Gedächtnis eines Lebewesens ein, indem die „Seher" dieses manipulierten, um ihnen die Zukunft vor Augen zu halten. Denn das, was die „Propheten" ihnen weissagten, wurde letztendlich auch Wirklichkeit und war in den Augen der Lebewesen nicht mehr anzufechten.

Terra drehte sich nur in einer bestimmten Richtung um sich selbst, und um seine Sonne. Somit gab es einen Nordpol und einen Südpol, die immer an der gleichen Stelle verharrten, und Terra drehte sich von Westen nach Osten im Rhythmus eines Terratages. Hierdurch waren bestimmte Teile mehr der Sonne ausgesetzt als wiederum andere, oder anders gesagt, es gab wärmere Gegenden, die den Sonnenstrahlen ausgesetzt waren und kältere Gegenden, die die Sonnenstrahlen nicht trafen.

Diese Tatsachen zogen wir in unsere Überlegungen mit ein, und so entschieden wir uns, für die kälteren Gegenden, hauptsächlich im oberen Viertel und unteren Viertel des Planeten, Lebewesen entstehen zu lassen, die durch ihre Gene anders aussahen und für diese Gegenden besonders gut geeignet waren. Sie mussten für die kälteren Zonen, auf eine Art, widerstandsfähiger sein, sollten aber in der Lage sein, durch Völkerwanderungen sich mit den Lebewesen der anderen Gegenden zu vermischen und zu vermehren.

Das Faszinierendste an der Entwicklung bedeutete für uns, wie würden sich diese Spezies verhalten und was würde aus ihnen nach einigen hundert Jahren werden? Für die mittleren Gegenden wählten wir aus unserem unermesslichen Reichtum an Genen Lebewesen aus, die mit der Sonneneinstrahlung besser zurechtkamen als die Lebewesen, welche wir für die Polgegenden vorgesehen hatten.

Ilja machte mir den Vorschlag, durch Genmanipulationen den Lebewesen unterschiedliches Aussehen zu geben. So kam es, dass es eine Spezies gab, die eine braune Hautfarbe hatte, andere wiederum eine rötliche, und wiederum andere eine etwas gelbliche. Auch bei den Größen sind wir uns einig geworden, es sollten schon verschiedene Größen existieren, um zu sehen, ob sie sich irgendwann einmal annäherten. Hier mussten wir auf die Informationen des Genoms zurückgreifen, die zur Entwicklung der Bau- und Leistungsmerkmale eines jeden Lebewesens notwendig sind. Diese Informationen sind in der Basensequenz der DNA verschlüsselt.

Auf Iljas ehemaligem Heimatplaneten Jul waren die Dreidimensionalen eher kleiner Statur und hatten eine rötliche Hautfarbe, bedingt durch die Helium-Wasserstoff-Atmosphäre.

Während auf Eura, meinem Heimatplaneten, fast alle Dreidimensionalen helle Haut hatten und mindestens doppelt so groß wurden wie auf Jul. Diese Eigenschaften nahmen wir uns zu Herzen und machten daraus eine für uns richtige Mischung.

Alle sollten die gleichen Voraussetzungen haben, sie sollten sich untereinander verständigen können, sie sollten sich sehen können, fühlen können, hören können, riechen können, schmecken können, vermehren können, fortbewegen können und denken können. Deshalb mussten wir ihnen auch die Gene zur Intelligenz mit einpflanzen. Allerdings nur in einem bestimmten Maße, wie es eben nur Dreidimensionale in sich tragen.

Als wir unsere Hyperwellen endlich auf eine einheitliche Schiene gebracht hatten, wollten wir sofort mit den ersten Lebewesen beginnen. Die ersten Pärchen für Terra, Thora und Tantra sollten auf die schönen Namen Adam und Eva hören. Seltsamerweise brachte Ilja diese Namen ins Spiel, was mich stutzig machte. Die gleiche Namensgebung wollte ich ihm auch vorschlagen. War das nicht unglaublich?

Bei dem, was wir schon beim Durchschreiten der einzelnen Dimensionen erlebt hatten, kamen wir ausgerechnet in solch einer Situation auf die gleichen Namen? Was wir nicht wissen konnten, wir wurden auf eine vorher genau bestimmte Art dementsprechend manipuliert. Nur das war uns bis dahin nicht bewusst.

Wir koordinierten unsere Hyperwellen und versuchten intensiv dahinterzukommen, ob es noch ein Wesen in der Siebten gibt, von dem wir nichts wissen, mit uns aber ein Spiel treibt. Leider hatten wir bis zu diesem Zeitpunkt keinen Erfolg damit.

Auf welchem Teil dieser Planeten sollten wir sie erschaffen? Um allen die gleichen Chancen zu geben, sollte es schon etwas Besonderes sein. Kurzerhand entschieden wir uns für den fruchtbarsten Teil eines jeden Planeten. Wir nannten diese Gegend „Das Paradies" oder den „Garten Eden".

Einfach war es wirklich nicht, sich darauf zu konzentrieren, meine und seine Gedanken immer unter einen Hut zu kriegen. Doch im Innersten hatten wir schon beschlossen, nur so, und nicht anders sollten die Dreidimensionalen sein. Es musste Grenzen für diese Primitiven geben. Vorerst sollte es ein Experiment sein. Keiner konnte voraussehen, was sich daraus entwickeln würde.

Mit dem genetischen Code konnte man so einiges erreichen, doch wenn er einmal angewandt war, ließ er sich nicht mehr von außen beeinflussen, es sei denn, man wusste wie man ihn unterbrechen konnte. Das allerdings hatten wir zu diesem Zeitpunkt nicht vor. Erst sollte das einmal so richtig in Gang kommen, was wir uns vorgestellt hatten.

Wir hatten, jeder für sich, die Erschaffung Dreidimensionaler genau vor Augen. Besser gesagt, das, was wir zur Erschaffung benötigten, war tief in unserem Gedächtnis verankert. Nur, wie sollten wir das Problem angehen? In den vielen Abschnitten, in denen wir im Universum umherirrten, kamen wir mit den unterschiedlichsten Spezies zusammen, die es uns wahrhaftig nicht einfach angehen ließen, dem Anspruch auf Vollkommenheit gerecht zu werden.

Vollkommenheit wollten und konnten wir nicht erreichen, doch annähern an dieses Ziel wollten wir uns schon. So kramten wir in unseren Gedächtnissen, hatten wir doch jahrtausendelange Erfahrungen darin gebunkert.

Nachdem wir bei unseren Nachforschungen nicht die richtigen Wege fanden, entschlossen wir uns, unsere Hyperwellen zu koordinieren.

Natürlich, wie? Niemand wollte auch nur eine Faser seines Seins offenlegen. Eigentlich kurios. Dabei kannten wir uns geistig und gedanklich so intensiv, sodass Geheimnisse Fremdwörter für uns waren. Ein Geistesblitz durchschoss Ilja, und ich wurde überrascht davon.

Vor ziemlich genau 20 Millionen Jahren hatte ein naher Verwandter seines Vaters, es war der berüchtigte Oluh, schon einmal die Idee verbreitet, Individuen zu züchten, die speziell nur für ihn zur Verfügung stehen sollten.

Züchten, das Wort machte uns stutzig, doch was heißt schon züchten? Wir wollten niemanden züchten, was wir wollten, war einem toten Planeten Leben einhauchen. Ich merkte, dass mein geistiger Freund nicht so recht wusste in welcher Faser seines Erinnerungsvermögens versteckte Informationen verborgen waren. Oder sollte ich so tief nicht bei ihm vordringen? Aber genau das war es, was wir benötigten.

Ilja erinnerte sich, dass Oluh um sich herum eine Spezies erschuf, die der Rasse der Juninen verdammt ähnlich war. Oluh musste also auch aus einer der höheren Dimensionen stammen, denn sonst wären ihm diese Experimente nicht geglückt. Ilja ging diesen Gedankengängen weiter nach und stellte fest, dass Oluh aus der Sechsten stammte und nur in die Dritte nach Jul kam, weil er Gefallen daran gefunden hatte.

Nur auf Jul züchtete er diese spezielle Spezies. Oluh wusste, dass das gesamte Genom aus 3.000 Mbyte, das sind $3x10^9$ Basenpaaren bestand. Und doch war ihm ein Fehler unterlaufen. Während der Translation hatte er ein Codon falsch dekodiert, also eine falsche Aminosäure verwendet. Das machte sich so bemerkbar, indem den Geschöpfen, die er erschuf, ca. 50 Gene fehlten. Eine gewollte oder ungewollte Mutation. Die Kontrollregion wurde verändert, so dass diesen Wesen die Gene der Intelligenz fehlten.

Sie konnten dadurch nicht denken, ebenso nicht sprechen, und dadurch nicht so ohne weiteres mit ihren eigenen Spezies kommunizieren. Diesen Fehler wollte Ilja nicht machen. Das war der eigentliche Grund, warum er so zögerte. Als ich das aus seinen Hyperwellen filterte, wusste ich nun endlich, warum sich mein Freund so komisch benahm.

In der Sechsten hatten wir mehrere Versuche mit der Translation eines Codons gemacht, aber jeden Versuch nach einiger Zeit wieder abgebrochen. Dabei stellten wir fest, dass der genetische Code mit einer gewissen Fehlertoleranz ausgestattet ist, die aber seit es die Evolution gab, offenbar notwendig war, denn sonst hätten wir ja hundertprozentige Replikatoren. Es war also ein Schutzfaktor, der das Genom um so unberechenbarer machte.

Wir hatten jetzt eigentlich alle Bedenken beiseitegeschoben und konnten mit dem Experiment endlich beginnen. Gut durchdacht erschufen wir die ersten beiden Exemplare in der fruchtbarsten Gegend auf Terra, dem Garten Eden. Als das vollbracht war, wollten wir uns selbst loben, doch es lag noch eine Menge an Konzentration vor uns. Diesen beiden Exemplaren sollte es an nichts fehlen.

Deshalb hatten wir sie auch als fast ausgewachsene Wesen erschaffen. Sie sollten nicht, wie das meistens bei den anderen Intelligenzen im Universum üblich war, als vollkommen abhängig von deren Erzeugern gelten. Nein sie sollten sich direkt den Gegebenheiten des Lebens stellen können und selbst für eine Nachkommenschaft sorgen müssen, wollten sie nicht auf Dauer die einzigen Lebewesen im Garten Eden sein.

Der Einfachheit halber befahlen wir einem Wesen aus der Sechsten mit den Dreidimensionalen Wesen Kontakt aufzunehmen. Sie brauchten dringend eine Bezugsperson, zu der sie aufschauen konnten, die sie fürchteten und gleichzeitig achteten. Alles, was von dieser Bezugsperson ausging, war Gesetz und sollte, ja musste sogar befolgt werden. In der Sechsten gab es genügend Wesen, die das alles beherrschten, doch wir suchten ein Wesen aus, von dem wir wussten, es würde uns bedingungslos gehorchen.

Obwohl alle in der Sechsten diesen Posten hätten mit einer Leichtigkeit ausüben können, schauten wir genau in deren Vergangenheit nach. Denn beim Durchlaufen von der Dritten bis hin zur Sechsten machte ein jeder seine eigenen Erfahrungen. Nicht alle waren so einwandfrei und untadelig, wie man es vermuten konnte.

Es gab schon sehr große Unterschiede, wir allerdings wussten aus Erfahrung, was es heißt, mit verschieden gestrickten Wesen auszukommen. Nach intensiver Prüfung kam nur ein Wesen aus der Sechsten für uns in Betracht. Es verfügte über die besten Voraussetzungen demnächst in die Siebte zu gelangen. Aber das hatte noch Zeit. Wir wussten es, nur das Wesen nicht.
Wir gaben ihm den Namen „Jahwe".

Für Jahwe war es eine Überraschung, als gleich zwei Wesen aus der Siebten in ihn eindrangen und er sich nicht dagegen wehren konnte. Wir ließen ihm auch keine andere Möglichkeit sich unseren Befehlen zu widersetzen. Gegen unsere Hyperwellen wollte er sich wehren, konnte aber auch nichts dagegen machen, so vermittelten wir ihm nur das Wichtigste. Es waren Befehle und diese hatte er zu befolgen.

Jahwe erschien dann auch den beiden im Paradies und redete mit ihnen. Es funktionierte also genau so, wie wir uns das gedacht hatten. Adam und Eva konnten sich untereinander verstehen. Beide hörten und sahen Jahwe zu, der vor ihnen einfach aus dem Nichts heraus auftauchte. So wie es aussah, hatten unsere Experimente mit den Genen genau so funktioniert, wie angenommen.

Diesen von uns erschaffenen Dreidimensionalen gaben wir den Sammelnamen „Menschen". Sie konnten also gehen, laufen, springen, sprechen usw. Das Sprechen war gar nicht so einfach. Was z.B. Adam hervorbrachte, waren Laute, die er selbst nicht verstand, und Eva schon erst recht nicht. Genau so erging es Eva mit ihm. Beide mussten sich erst einmal auf bestimmte Laute einigen, die sie an entsprechenden Gegenständen erklärten.

So dauerte es eine geraume Zeit, bis sie sich untereinander verständigen konnten, und somit eine gemeinsame Sprache erfanden. Es war schon recht komisch, denn ohne zu überlegen, konnten aber beide Jahwe verstehen. Woher sollten sie auch wissen, dass Jahwe aus der Sechsten stammte und sich mit ihnen auf telepatischer Basis unterhielt.

Einem Planeten Leben geben, hatte also funktioniert. Wie auf Terra, so sollte es auch auf Thora und Tantra geschehen. Wir duplizierten daraufhin einfach Adam und Eva und setzten sie genau so, wie auf Terra, auch auf Thora und Tantra aus. Auch hier benutzten wir die fruchtbarsten Gegenden für diesen Versuch. Da wir die beiden auf Terra einfach duplizierten, hatten sie auf allen drei Planeten die gleichen Möglichkeiten, und besaßen dadurch auch die gleichen Intelligenzen.

Zuständig war auch hier natürlich Jahwe. Für ihn war es ein leichtes zwischen diesen drei Planeten hin und her zu springen. Als wir dann sahen, dass Adam und Eva sich anscheinend jeweils in ihren Gebieten wohlfühlten, sahen wir die Zeit gekommen, für die anderen Gegenden auf Terra, nun auch dort die entsprechenden Paare zu entwickeln. Wir manipulierten ein wenig an den Genen herum, und so entstanden Paare mit verschiedenen Hautfarben, und in unterschiedlichen Größen.

Diese ungleichen Menschenpaare erschufen wir in den dafür vorgesehenen Gebieten und überließen sie sich selbst. Das war schon eine spannende Sache, die wir uns da ausgedacht hatten. Jetzt mussten wir nur noch beobachten, ob auch alles so verlief, wie wir es gedacht hatten. Ab und zu beriefen wir Jahwe zu uns, damit er seine weiteren Instruktionen erhielt. Ansonsten warteten wir einfach ab.

Da wir allen Paaren auch das Fortpflanzungs-Gen und das Fruchtbarkeits-Gen gaben, war es nur eine Frage der Zeit, wann der erste Nachwuchs, sprich die ersten Kinder geboren wurden. Eva wurde schwanger und gebar ihr erstes Kind. Sie nannten ihn Kain. Viel Spaß hatten sie mit Kain, und weil es so schön war, wurde Eva abermals schwanger und gebar ihren zweiten Sohn. Diesen nannten sie dann Abel.

Ungefähr zum gleichen Zeitraum geschah dasselbe mit den anderen, von uns geschaffenen Menschen. Sie zeugten Kinder über Kinder. So kam es dann auch, dass in sehr kurzer Zeit die Menschen auf dem Planeten immer zahlreicher wurden.

Die wenigsten blieben in ihren vorgesehenen Gebieten, die meisten zogen in die Ferne. Sie waren viel zu neugierig, als dass sie einfach nur dasselbe taten, wie ihre Brüder und Schwestern. Nein, sie wollten etwas erleben und erkunden.

Der Forscherdrang in ihnen brach durch, und damit wieder einmal eine Bestätigung unserer selbst, denn wir hatten genau darauf geachtet, dass sich das Gen Nr. 12 am richtigen Platz in dem ca. 6 Fuß langen Genstrang eines jeden Menschen befand.

Die Jahre vergingen schnell, und die gezeugten Kinder wurden größer und älter, rastlos und ruhig, mal liebevoll und manchmal auch sehr bösartig. Auf die Entwicklung der Menschen konnten wir keinen Einfluss mehr nehmen. Wir blieben in unserer siebten Dimension und beobachteten nur, was sich auf den Planeten tat. Das war es ja gerade, was wir sehen wollten. Planeten intelligentes Leben geben und sehen, was daraus wird.

Tage, Monate und Jahre vergingen, und es entwickelte sich prächtig. Die Menschen aus den einen Gebieten vermischten sich mit denen aus den anderen. Neue Menschenrassen und Typen entstanden.

In den durchschrittenen Dimensionen hatten wir schon so viel Erfahrung gesammelt, dass wir davon ausgehen konnten, die genaue Reihenfolge des genetischen Codes zu kennen. Eigentlich sollte es doch eine Kleinigkeit sein, damit umzugehen. Doch hier merkten wir, dass auch uns Siebenern noch Grenzen gesetzt waren. Irgendetwas müssen wir übersehen haben, denn mit solch einer Entwicklung hatten wir nicht gerechnet.

Der Erstgeborene von Adam und Eva auf dem Planeten Terra lief vollkommen aus dem Ruder. Entweder hatten wir ein wichtiges Gen übersehen, oder es nicht in der richtigen Reihenfolge angeordnet, denn sonst hätte es nicht zu der Fehleinschätzung kommen dürfen.

Als Kain seinen Bruder Abel erschlug, konnten wir es nicht glauben. Was war falsch gelaufen? Blitzschnell nahmen wir Kontakt mit Jahwe auf, der uns sofort über die anderen Paare auf den Planeten Thora und Tantra berichtete. Dort war alles wie gehabt, noch nichts dergleichen war geschehen.

Da wir aber diese Paare der Einfachheit halber dupliziert hatten, rechneten wir auch dort mit dem Schlimmsten. Nach einiger Zeit kam dann auch die Bestätigung durch Jahwe. Auch auf

Thora und Tantra erschlug Kain seinen Bruder Abel. Allerdings trat auf Thora eine Verzögerung von 2,306 Tagen und auf Tantra eine Verzögerung von 0,768 Tagen ein. Als wir das feststellten, wurde uns klar, woran das lag. Jeweils ein Jahr auf Thora bzw. auf Tantra hatte um diesen Faktor mehr Tage als auf Terra. Das war eine Bestätigung dessen, was wir geschaffen hatten.

Nun konnten wir mit absoluter Sicherheit davon ausgehen, dass alles, was sich auf den Parallel-Planeten abspielte, auch auf den anderen passierte. Somit konnten wir unsere Beobachtungen folglich nur auf einen dieser drei Planeten beschränken. Jahwe würde uns schon weiteres berichten, wenn es einmal total daneben ging.

Nach einigen Jahren war Kain so weit, dass er sich eine Frau suchte, denn seine Hormone meldeten sich so sehr, als dass er sich hätte verweigern können. Kains Frau brachte daraufhin einen Sohn zur Welt, den sie dann Hennoch nannten. In den vorangegangenen Jahren waren die Menschen auf Terra schnell auf den Geschmack gekommen und vermehrten sich kräftig. Sie liebten besonders das Laster und lernten auch die nicht so angenehmen Seiten des Lebens kennen.

Kain gründete eine Stadt, die er Hennoch nannte nach seinem Erstgeborenen. Kains Sohn Hennoch zeugte Irad und Irad zeugte Mehujaël und Mehujaël zeugte Metuschaël und Metuschaël zeugte Lamech usw. usw. Es war kein Ende abzusehen.

Die Menschen auf Terra vermehrten sich rasend schnell, selbst Adam zeugte mit hundertdreißig Jahren noch einen Sohn, den er Set nannte. Sogar mit hundertdreißig waren diese Menschen sozusagen noch in den Kinderschuhen, denn Adam zeugte danach noch mehrere Söhne und Töchter.

In einem Alter von neunhundertdreißig Jahren verstarb Adam. Es war keine Besonderheit, solch ein hohes Alter zu erreichen. Wir hatten also mit den Kenntnissen des genetischen Codes Wesen erschaffen, die Hunderte von Jahren alt wurden.

Bei allen von uns erschaffenen Dreidimensionalen stellte sich heraus, dass sie so etwa neunhundert Jahre alt wurden. Damit hatten wir bei der Erschaffung nicht gerechnet. Erst als sich herausstellte, dass sie sich mit den Menschen, die in den anderen Gebieten erschaffen waren, vermehrten, ging die Lebenszeit kontinuierlich zurück.

Die sogenannten gemischten Menschen erreichten nie mehr ein so hohes Alter. Deren Lebenszeit endete teilweise schon bei siebenhundert bis achthundert Jahren.

Ilja und ich konnten uns das einfach nicht erklären. Der genetische Code war die einzige Erklärung hierfür. Wir wussten alles über ihn, und doch war da etwas, was nicht denkbar und greifbar war. Aber was?

Genauso gab es einfach keine Erklärung dafür, wieso sich nur bei den Nachkommen Kains Verfehlungen einstellten, die wir zwar nicht gewollt hatten, die für uns aber sehr interessant waren, sie zu beobachten. Seltsamerweise traten diese Verfehlungen einzig und allein bei den Nachkommen Kains auf, die sich Kanaaniter nannten.

Bei den Nachkommen der anderen Paare kam es oft vor, dass deren Töchter auffallend hübsch und schön aussahen. Womit wir überhaupt nicht gerechnet hatten, waren diese Wesen aus der vierten und fünften Dimension. Sie konnten die Vorgänge auf Terra teilweise beobachten und, wenn wir es zuließen, sogar auch beeinflussen. Nicht alle Wesen der niedrigeren Dimensionen waren auch wohlgesonnen und frei von Tadel.

Selbstverständlich waren dort auch Wesen beheimatet, die alles andere als gut waren. Nur so ist es zu verstehen, dass sie bei der Schönheit der Menschentöchter in die dritte Dimension materialisierten, um sich ihrer anzunehmen und sich mit ihnen amüsierten. Gelegentlich entstanden durch diese Verbindungen neue Dreidimensionale, doch das störte sie nicht. Sie konnten ja nach Belieben verschwinden oder entmaterialisieren.

Mittlerweile waren Tausende von Jahren auf allen drei Planeten vergangen. Was für uns zuerst nicht nachvollziehbar war, kam durch die in regelmäßigen Abständen erhaltenen Berichte von Jahwe zutage. Wir hatten uns so bemüht bei der Auswahl der drei Planeten die richtigen zu finden, doch zu Anfang machten sich die schon erwähnten Verzögerungen bemerkbar.

Mit fortschreitender Entwicklung mussten wir uns von Jahwe erklären lassen, dass doch nicht alles so verlief, wie wir es berechnet hatten. Es gab mit der Zeit gravierende Unterschiede auf diesen Planeten.

Tantra wurde wie durch ein Wunder von einer uns bis jetzt nicht bekannten Intelligenz besucht, die aus einer weit entfernten Galaxie kam, und komischerweise ausgerechnet den Planeten Tantra heimsuchte. Es gab noch Tausende anderer mit Leben gefüllter Planeten im Universum, die es hätten nötiger gebraucht, von einer höheren Spezies besucht zu werden.

In unseren Erinnerungen sahen wir immer wieder, wie Intelligente Wesen sich primitive Planeten aussuchten, um sie zu erobern, oder um mit ihnen Handel zu treiben, wenn es von großem Nutzen für sie selbst war.

Ganz selten kam es vor, dass sie diese Primitiven als Freunde oder gar Partner ansahen. Einigen war es gelungen, den Primitiven einen besseren Lebensstandard zu ermöglichen, doch wiederum andere wurden durch die Überlegenheit der Intelligenten gezwungen, deren Sklaven zu werden.

Auf Tantra trat genau dieses ein. Sie lernten sehr schnell von ihren Eroberern, sodass die sogenannten neuen Tantra-Intelligenten, in den vergangenen Jahren durch die Evolution gelernt hatten, sich selbst die fehlenden 50 Gene anzueignen, die ihnen fehlten, um eben intelligent zu sein.

Als Ilja davon hörte, wusste er sofort, woher diese Intelligenten kamen. Er dachte augenblicklich an seinen Verwandten Oluh, der diese Wesen durch Genmanipulation erschaffen hatte. Was hatte er damit zu tun? Wir durchkämmten und durchforsteten sofort sämtliche uns bekannten Hyperwellen in allen Universen und entdeckten dann auch, raffiniert versteckt und wirklich gut getarnt, seine, Oluh´s Hyperwellen.

Dieser überaus schlaue und geniale Oluh hatte es damals, ohne aufzufallen geschafft, seine, also Iljas Hyperwellen zu lokalisieren und zu empfangen, obwohl wir beide der Meinung waren, wir hätten uns genügend dagegen abgesichert. Ilja hatte vielleicht noch nicht die Erfahrung mitgenommen wie ich. Sonst wäre ihm das sofort komisch vorgekommen und er hätte seine Hyperwellen dementsprechend besser getarnt.

Jetzt fehlte nur noch, dass er auch meine Hyperwellen erforscht hatte. Um das herauszufinden, stellten wir ihm eine Falle. Ilja versuchte ihm vorzugaukeln, ich hätte mich von ihm abgewandt und wollte noch einen neuen Versuch starten, davon dürfe er, also Ilja, nichts wissen. Ilja ärgerte sich darüber so sehr, dass er die gleichen Gedankengänge hatte, wie damals, als er über seinen Verwandten aus der Sechsten so intensiv nachdachte.

Nach einiger Zeit hatte der Trick Erfolg. Was wir nicht für möglich gehalten hatten, Oluh meldete sich bei Ilja mit dem Hinweis, wenn er schon Hemma verloren hätte, brauchte Ilja wohl einen neuen Partner an seiner Seite, mit dem er das Experiment fortsetzen könne. Das war der unumstrittene Beweis. Oluh war zwar superschlau und listig, doch eines fehlte diesem Fuchs dennoch.

Mit dem Wissen der Sechsten konnte kein Wesen an Experimenten teilnehmen, die ausschließlich den Siebenern vorbehalten waren. Dazu fehlte den Sechsern so einiges. Wir in der Siebten waren eine Intelligenz weiter. Dieses Mal hatten wir ihn auflaufen lassen.

Mit ein paar neuen Tricks hatten wir unsere Hyperwellen so abgeschirmt, dass Oluh nichts merkte. Um es dann noch auf die Spitze zu treiben, stellte Ilja seinen Verwandten nochmals auf die Probe. Wenn Oluh das mit den Intelligenten auf Tantra gelöst hatte, ließ er durchblicken, schön wäre es natürlich auch, wenn diese von Oluh erschaffenen Intelligenten sich auch auf Terra niederließen. Jetzt merkten wir, Oluh wurde vorsichtig. Seine Hyperwellen glichen einem Ausbruch. Sie spielten fast verrückt. Er wusste wohl nicht, wie er sich verhalten sollte.

Bisher hatte er nicht durchblicken lassen, dass er überhaupt von der Existenz Terra´s wusste. Aber, wir beide spielten unser Versteckspiel so überzeugend, dass er nichts ahnte und prompt darauf hereinfiel. Nach einiger Überzeugungsarbeit gelang es Ilja dann doch mit ihm einen Kompromiss zu schließen. Oluh sollte eine Gruppe von Intelligenten in einem von uns bestimmten Gebiet auf Terra aussetzen, um zu sehen, wie sie sich zurechtfanden. Wenn er das schaffen würde, wäre Ilja bereit mit ihm zusammen zu arbeiten.

Oluh willigte unter Vorbehalt ein, er müsse die Sache genau ausloten. Etwas Zeit sollte Ilja ihm schon noch lassen. Er würde sich in Kürze wieder bei ihm melden. Nach einiger Zeit bekamen wir von Jahwe die Nachricht, Oluh hatte versucht sich mit ihm in Verbindung zu setzen. Natürlich hatten wir Jahwe nichts über unsere List erzählt. Es war schon sonderbar, dass Oluh sich ausgerechnet Jahwe aussuchte.

Das war eigentlich Beweis genug, dass dieser Oluh doch mehr wusste als er zugeben wollte. Da aber beide aus der Sechsten stammten, mussten sie auf welche Art auch immer, schon miteinander zu tun haben. War Jahwe doch nicht so treu wie wir dachten? Jahwe bat uns nun um eine Stellungnahme.

Wir überlegten nun, was wir mit Jahwe machen sollten. Sollten wir ihn in unsere List einweihen? Er war uns zwar treu ergeben, dachten wir bis jetzt, doch wussten wir, ob er nicht nach kurzer Zeit zu Oluh überlaufen würde, um dann mit ihm gegen uns zu arbeiten? Nein, das konnten wir nicht zulassen. Es musste uns etwas anderes einfallen. Ich wusste, ein Siebener konnte sogar einen Sechser manipulieren. Es gab die Möglichkeit einen Sechser der Gehirnwäsche zu unterziehen. Nur, wusste das auch Ilja?

Bisher hatte ich in seinen Hyperwellen nichts dergleichen erkennen können. Vielleicht verstellte sich Ilja denn ja auch. Das musste ich herausfinden. Es war bestimmt nicht einfach, doch ein Versuch war es wert. Ich gab Ilja einmal zu bedenken, wenn wir Oluh ein Geheimnis preisgaben, es sollte eigentlich nur ein Spiel sein, konnten wir ihm das Geheimnis wieder entfernen? Daraufhin merkte ich, dass Ilja das nicht verstehen wollte. Gehirnwäsche? Von Gehirnwäsche wollte er nichts hören und verstand es meiner Meinung nach auch nicht.

Doch irgendetwas ließ mich daran zweifeln. So plötzlich sperrte sich Ilja. Normalerweise hatte ich angenommen, er wäre überrascht von diesem Vorschlag. Aber nichts dergleichen. Ich musste ihm mehr davon vermitteln. Ganz vorsichtig ließ ich ihn wissen, dass ich, als ich das erste Mal hier in der Siebten ankam, solch einen Versuch schon einmal mit einem Fünfer gemacht hätte. Es war damals wirklich nur ein Versuch.

Alles war hier in der Siebten so umfangreich und unglaublich, sodass ich meine Fähigkeiten noch nicht richtig unter Kontrolle gebracht hatte. Da ich schon immer für die unmöglichsten Versuche bekannt war, als ich noch dreidimensional war, schien es auch nicht verwunderlich, dass ich hier nicht davon ablassen konnte, Ilja zu überzeugen, solch einen gewollten Gedächtnisverlust bewusst zu manipulieren.

Nur, wie sollte ich es anstellen, damit weder Oluh noch Jahwe davon Wind bekamen? Es half alles nichts, Jahwe musste damit einverstanden sein. So versuchte ich ihm klarzumachen, das Richtige für unser Experiment zu veranlassen.

Nach reiflicher Überlegung stimmte Ilja dann letztendlich doch zu, obwohl er sich dabei sicherlich nicht wohlfühlte. Aber darauf konnten wir in diesem Augenblick absolut keine Rücksicht nehmen.

Es wurde langsam ein wenig brenzlig, wollten wir uns doch nicht von Oluh abhängig machen, oder sogar ihm das Ruder überlassen.

Noch waren wir ihm überlegen und er uns nicht. Folglich gaben wir Jahwe den Auftrag Oluh's Vertrauen gerecht zu werden. Dabei waren wir uns unserer Sache gar nicht so sicher. Aber wir versuchten es. Jahwe gab Oluh zu verstehen, Ilja hätte da noch einen Planeten, der genau in sein Schema passte. Er könnte dort einmal seine Fähigkeiten unter Beweis stellen.

In diesem Augenblick machte Oluh seinen ersten Fehler. Er gab Jahwe zu verstehen, dass es überhaupt kein Problem für ihn darstellen würde. Jahwe war dermaßen überrascht von Oluh's Äußerungen, dass er es dann wirklich nicht verstand. Damit hatten wir nun überhaupt nicht gerechnet. Oluh versuchte Jahwe zu erklären, seine Gentechnologie sei unschlagbar, und er könne sie überall im gesamten Universum beliebig einsetzen, sogar auf Terra.

Das war das Stichwort, auf das wir gewartet hatten, jetzt war es perfekt. Der wichtige Beweis war endlich gegeben. Oluh hatte praktisch damit zugegeben, dass er Terra kannte.

Und somit stand fest, er hatte meine Hyperwellen identifiziert. Eine Welt brach fast für
mich zusammen.

Dieser scheinheilige Mistkerl. Wie weit war
dieser Oluh nun eigentlich in seiner Entwicklung? Hatten alle, die ihn bisher kannten, oder
mit ihm zu tun hatten, ihn wirklich gekannt?
Anscheinend wohl nicht. Dieses Individuum
war die eigentliche Überraschung in der sechsten Dimension. Und das Schlimme war, dieser
Oluh verblüffte uns damit, dass er auch noch
das, was wir von ihm forderten, in die Tat um-
setzte.

Er brachte seine manipulierten Geschöpfe genau dorthin, worum wir ihn baten. Ilja war
extrem geschockt. Verhindern konnten wir das
jetzt auch nicht mehr, sollte Oluh doch keinen
Verdacht schöpfen. Seltsamerweise ließ Oluh
sie ihre Heimat ganz in der Nähe vom Garten
Eden errichten.

Diese zählbaren Intelligenzen nannten sich
Tschadts und gaben ihrem neugefundenen
Territorium den Namen Tschad. Wir beobachteten diese Intelligenten eine Weile und
forschten nach, wieso sie sich diesen Namen
zulegten, stellten dann aber fest, dass es ganz
normal war. Jedes primitive Individuum such-

te vordergründig nach einer Erinnerung seiner Vorfahren.

In diesem Fall war es kaum zu glauben, doch nachdem wir das Genom unter die Lupe nahmen, fiel uns sofort auf, die Vorfahren dieser Spezies kamen von Jul. Alle Eigenschaften stimmten überein. Damals auf Jul nannten sich diese Intelligenten „Primaten". Auf Terra gaben wir ihnen den Namen Schimpansen. Das war ungefähr vor 7 Millionen Jahren.

Jetzt kam es darauf an, diesem Oluh das Wissen über die Existenz von Terra wieder zu entfernen. Ilja war schon ganz gespannt, wie ich das denn wohl angehen würde. Ich stellte mir vor, gleich 2 Sachen mit dem listigen Oluh anzustellen.

Einmal wollte ich ihm die Erinnerung an mich ganz löschen, und zum anderen wollte ich genau erfahren mit welchen Tricks er die Primaten erschaffen hatte. Einfacher gedacht als ausgeführt. Mit vereinten Kräften setzten wir Oluh durch spezielle Hyperwellenübertragung in eine Art Trancezustand. Dann griffen wir in sein Genom ein und entfernten einige der entsprechenden Gene aus ihrer jetzigen Position, indem wir mehrere Sequenzen einfach vertauschten.

Er selbst konnte diese Manipulation nicht berichtigen, auch dann nicht, wenn er das merken würde. Doch dadurch, dass es eine andere Zusammensetzung gab, konnte Oluh auch nicht mehr wissen, wie er vorher darüber gedacht hatte. Sein Wissen über seine Tricks gab er so nebenbei frei, konnte sich nach unserer Hypoumklammerung aber an nichts mehr erinnern. Somit bestand auch wirklich keine Gefahr mehr von dieser Seite für Terra.

Eine viel größere Gefahr bahnte sich an. Wir in der Siebten hatten die Gabe weit vorausschauend zu denken, nur auf diese Gefahr aus dem Universum waren wir gar nicht vorbereitet.

Bis vor ca. 320 Mill. Jahren war Terra in seinem Urzustand geblieben. Es gab eine große Landmasse, welche ca. 30% der Erdoberfläche ausmachte, der wir den schönen Namen Pangaea gaben, und eine noch größere Wassermasse, bestehend aus den restlichen 70% der Oberfläche dieses Planeten, die wir Tethys nannten.

Weit draußen im Universum, genauer in der Spiral-Galaxie Xantine, gab es eine riesige Sternenkollision. Zwei Parallelsonnen bewegten sich seit Millionen Jahren langsam und unaufhörlich aufeinander zu. Ihre Eigenrotation wurde immer schneller und dadurch musste es schließlich zu einer nicht zu bremsenden Explosion kommen.

Wer von beiden Sonnen die stärkere sein würde, würden wir erst nach der Vereinigung sehen. Fest stand, dass bei solchen Zusammenkünften ein Stern den anderen fraß und mit ihm eine noch größere Sonne entstand. Bei der Explosion wurde eine wahnsinnige Masse an Sternenmüll ins Universum geschleudert.

Es waren richtig große Brocken dabei, einige mit einem Durchmesser von mehreren Millionen Stadien. Und einer dieser dicken Brocken war auf dem Weg, Terra einen Besuch abzustatten. Dieser Sternenmüll bewegte sich vom Zentrum seiner Galaxie, mit unvorstellbarer Geschwindigkeit fort, auf dem Weg diese Galaxie zu verlassen. Irgendwann würde solch ein Brocken vielleicht auch in die Milchstraße eintauchen, sich mit einem Stern vereinigen und eine neue Sternenexplosion würde dann entstehen, die niemand aufhalten kann.

Um das genau zu wissen, mussten wir sehen was geschieht. Denn, sollten Terra und dieser Sternenmüll zusammentreffen, würde es eine große Katastrophe geben. Wir beobachteten diesen Brocken ganz genau, sollte es dazu kommen, würde unser Experiment gefährdet sein. Daraufhin meinte Ilja nur, lass uns doch einmal nachsehen, was demnächst passieren wird.

Erst jetzt merkte ich, wie nützlich es sein kann, wenn man in der Zeit hin und her springen kann. Wir reisten einfach vorübergehend in die Zukunft und konnten feststellen, dass der gefürchtete Brocken zwar in die Nähe von Terra kommen würde, doch diese nicht treffen würde, und mit einem ansehnlichen Abstand an ihr vorbeirasen würde. Die Milchstraße blieb dabei weitgehend verschont. Sein Weg war vorgezeichnet und sollte in der angrenzenden Galaxie enden. Allerdings, alles, was er hinter sich herzog, war noch gefährlich genug.

Ein kleiner Teil hatte sich von dem großen Brocken gelöst und schlug mitten auf Terra ein. Was keiner von uns voraussehen konnte, dieser Einschlag hatte zur Folge, dass sich der Planet von Grund auf änderte. Der Einschlag war so heftig, dass sich dadurch, in der Nähe des fruchtbarsten Gebietes, der Untergrund teilte und alles bisher Dagewesene sich trennte. Durch diesen Aufprall hatte sich im Erdinneren der Erdkern dermaßen ausgedehnt, sodass es innerhalb der Erdmassen zu Spalten kam und diese auseinanderbrachen.

Völlig neue Erdplatten entstanden durch diese enormen Risse. Fast die gesamte Oberfläche von Terra berstete auseinander. Dadurch entstanden zwei riesige Kontinente, einer etwa oberhalb des Äquators und der andere hauptsächlich unterhalb. Laurasia, also der obere Teil, driftete genauso auseinander wie Gondwanaland, der untere Teil. Seltsamerweise dehnten beide sich aber nicht mehr in Richtung Norden oder Süden, sondern nur in östlicher und westlicher Richtung aus.

Erst etwa 220 Millionen Jahre später erreichten die Erdmassen in etwa ihre heutige Lage. Aufgrund der noch heute andauernden Plattentektonik existieren heute Berge, die meist Ergebnisse von aufeinanderprallenden Platten sind. So entstanden zum Beispiel die verschiedenen Bergformationen.

Da die Platten immer weiter auseinanderdrifteten und auseinander rissen, erleichterten sie dem heißen Magma aus der Tiefe der Erde zu entweichen. Durch das ausströmende Magma, vorwiegend unter dem Meeresspiegel, entstanden große und kleinere Inselketten.

Glücklicherweise blieb das Gebiet um den Garten Eden erhalten, doch der Garten Eden wurde durch das auseinanderdriften, einerseits in den östlichen Teil verbannt und andererseits deformierte der westliche Teil sich und trieb auseinander.

Das Wasser hatte nun die Möglichkeit sich einen neuen Weg zu bahnen, und so entstanden aus einem gemeinsamen, vom Wasser umspülten Land, zwei unabhängig voneinander agierende Landstriche.

Wir konnten froh wein, dass Terra nur gestreift wurde, es hätte auch anders ausgehen können, und der Planet Terra wäre für immer erloschen, ich meine explodiert und verschwunden. Somit hatten wir mit unserer Auswahl richtig Glück und unser Experiment konnte weiterlaufen.

Nachdem wir das jetzt erlebt hatten, merkten wir erst, wie dämlich wir waren. Normalerweise hätte uns das gar nicht passieren dürfen. Wären wir einfach ein paar Mill. Jahre in die Zukunft gegangen, folglich müssten wir uns, jetzt und hier, keine Gedanken machen.

Was durch diesen intergalaktischen Einschlag wirklich geschah, sollten wir noch später ausführlich merken, denn Lebewesen und Kulturen wurden auseinandergerissen. Dabei kam uns ein seltsamer Zufall zu Hilfe.

Nachdem sich die Terramassen voneinander getrennt hatten, und damit auch Menschen in andere Gebiete kamen, entdeckten wir einen neuen fruchtbaren Teil auf Terra, der von einer Art Lebewesen beherrscht wurde, die anscheinend allen bisher bekannten Menschen um Längen voraus waren. Sie besaßen eine weitaus höhere Intelligenz und profitierten von ihrem fortschrittlichen Technologiebewusstsein.

Selbst Jahwe hatte uns bisher noch nichts davon berichtet. Hatte er vielleicht vor, uns etwas zu verbergen? Wir beschlossen, ihn noch einmal genauer unter die Lupe zu nehmen. Allerdings mussten wir äußerst vorsichtig zu Werke gehen, denn Jahwe war ein schlauer und listiger Sechser. Doch er konnte nicht damit rechnen, dass wir ihn verdächtigten, sollten aber auf der Hut sein.

So etwas wie mit Oluh sollte uns so schnell nicht widerfahren. Wir drangen ganz besonders behutsam in sein Innerstes ein. Immer abwechselnd, mal Ilja und dann wieder ich. Wir merkten an seinem Verhalten, dass etwas in ihm vorging, doch Jahwe wurde sichtlich nervös, sagte uns aber nichts davon. Anscheinend wollte er selbst herausfinden, wer sich da in seinem Inneren herumtrieb.

Da wir uns überhaupt nichts anmerken ließen, hatte Jahwe uns auch nicht in Verdacht. Sorgen machte er sich schon, denn seine Gedanken beschäftigten sich mehr mit dem Problem als ihm lieb war.

Das merkten wir natürlich, und nach einiger Zeit stellten wir fest, eine andere Spezies wollte von ihm Besitz ergreifen. Diese Spezies wollten wir uns einmal genauer betrachten, ohne dass sie davon Wind bekommen würde. Dann fanden wir den ersten Hinweis in seinen Gedanken.

Dieser überaus schlaue Zeitgenosse kam auch aus der sechsten Dimension, und hatte, wie wir dann feststellen konnten, durch Genmanipulationen auf unserem Planeten Thora, die dort von uns erschaffenen Lebewesen zu unserem Erstaunen vorteilhaft verändert. Das war es also, was Jahwe uns nicht mitteilen wollte.

Auf Terra lief alles wie geplant, doch auf Thora nicht mehr. Hatten wir doch auf Jahwe als Vertrauten gesetzt. Eigentlich wollten wir uns hauptsächlich um Terra kümmern, und die Entwicklung auf den beiden anderen Planeten so nebenbei beobachten, da wir davon ausgingen, bei fast gleichen Bedingungen würde auch das Leben in etwa gleichen Bahnen verlaufen.

Jahwe als Hauptbezug würde uns schon über Unregelmäßigkeiten berichten. Das war ein entscheidender Fehler. Denn mittlerweile hatten diese Lebewesen auf Thora sich so weit entwickelt, dass sie es sogar verstanden, ihren Heimatplaneten zu verlassen um im Universum nach neuen Zielen Ausschau zu halten.

So war es dann auch nicht verwunderlich, dass sie mit der Zeit von der Existenz Terras erfuhren, und sich diesen Planeten für ihr Vorhaben aussuchten. Sollte einmal durch eine unvorhergesehene Katastrophe ihr Heimatplanet bedroht werden, so hatten sie sich Terra als Ausweich- und Überlebensplanet auserkoren.

Ihre Technologie war in den vergangenen Jahren so weit gediehen, dass Reisen durch die Galaxien, ja sogar durch den gesamten Kosmos für sie kein Problem darstellen sollte. Wie sie das geschafft hatten, blieb für uns im Augenblick ein Geheimnis. Doch damit mussten wir uns abfinden.

Bemerkenswerter schien uns, was wollten sie auf Terra? Ihr Heimatplanet entsprach den gleichen Lebensbedingungen. Verständlich, dass man sich dann einen vergleichbaren Lebensraum wünscht. Aber, solch ein kleiner, unbedeutender Planet war doch nicht bedroht.

Es musste auf Thora etwas Unvorhersehbares vorgefallen sein, was keiner von uns voraussagen konnte. Das sollten wir aber später noch erfahren, im Augenblick interessierte es uns nur am Rande.

Nur durch die enormen technologischen Fortschritte auf Thora war es möglich in fremde Welten zu reisen. Irgendwo in einer Gesellschaft gab es immer wieder jemanden, der nicht aufhörte, sich mit dem abzufinden, was er erreicht hatte. Er strebte zu neuen Zielen. Aber wieso geschah das ausgerechnet auf Thora zu einem Zeitpunkt, wo wir nicht damit gerechnet hatten?

Gut, wir hatten uns mit den Primaten beschäftigt, und merkten nicht, dass so nebenbei in unmittelbarer Nähe zwischen den beiden auseinandergebrochenen Terrateilen sich ein neuer Landstrich auftat, der dort nach logischen und archäologischen Argumenten gar nicht entstehen konnte.

Im südlichen Teil der Erdmassen rumorte es. Im Inneren von Terra stärker, als im Nördlichen. Wodurch das geschah, wussten wir aber nicht. Wir bemerkten nur, dass Magma aus der Erde aufstieg und inmitten des Meeres, welches sich zwischen dem Garten Eden und dem nach Westen gedrifteten Erdteil befand, ein neuer Landstrich entstand.

Dieser Teil bestand in seiner Struktur nur aus Magma, also dem Gestein aus dem Erdinneren. Unvorstellbare Hitze lag über diesem Gebiet. Was wir nicht ahnten, war, diese fortgeschrittene Intelligenz von Thora hatte die Möglichkeit, dieses Magma für sich zu nutzen. Denn es befanden sich bisher nicht gekannte Schätze in diesem Magma.

Wir konnten unsere Neugierde nicht so richtig im Zaum halten, wollten wir doch schon wieder in die Zukunft ausbrechen, um zu sehen, was uns demnächst erwarten würde.

Doch ein Ereignis hielt uns plötzlich davon ab. Eigentlich hatten wir schon nicht mehr damit gerechnet, hinter das Geheimnis von Jahwe zu kommen, doch Ilja spürte die ersten verräterischen Hyperwellen dieses so unbekannten Wesens. Beide taten wir uns zusammen und bündelten somit unsere Wellen, um endlich einen Beweis von der Existenz dieses Wesens zu erhalten.

Nach einigen vergeblichen Versuchen dann der Durchbruch. Dieses Wesen nannte sich selbst Poseidon. Das war also der Bursche, dem wir das alles auf Thora zu verdanken hatten. Aber, woher wusste dieser Poseidon so viel? Eigentlich sollte das kein Thema sein.

Wir wollten es erst nicht wahrhaben. Poseidon war genau solch ein Besucher in der Siebten wie wir. Erst nahmen wir an, er wäre einer aus der Sechsten, doch weit gefehlt. Folglich musste er auch über das gleiche Wissen verfügen wie wir. Als uns das bewusst wurde, wurden wir schon etwas ruhiger. Es war somit nichts Besonderes passiert, was wir nicht auch hätten tun können. Aber wir hatten uns eben nur auf unsere Aufgabe konzentriert, und nun wirklich nicht damit gerechnet, dass wir nicht mehr alleine waren in der Siebten. War Poseidon vielleicht sogar derjenige, der uns schon eine Zeit im Visier hatte?

Wir versuchten nun näheres über ihn zu erfahren. Alle uns bekannten Wesen aus der Sechsten versuchten wir zu kontaktieren, um uns ein Bild von Poseidon zu machen. Nur niemand kannte ihn, oder hatte jäh schon von ihm gehört. Allerdings erfuhren wir von den Sechsern, dass es eine wohl bisher nicht hervorgetretene übergeordnete Spezies geben solle.

Diese Spezies nannten alle Wesen: „Die Vereinigung der Götter". Und genau mit diesen Göttern sollten wir in naher Zukunft noch genug zu tun bekommen. Es dauerte noch einige hundert Jahre, bis sich dieser Teil Magma zwischen den beiden Kontinenten so weit abkühlte, so dass man diesen betreten konnte. Die intelligenten Raumfahrer von Thora hatten diesen Zeitraum genau gescheckt, denn sie kamen erst nach dieser Zeit und bevölkerten den neuen Landstrich. Seit Jahrhunderten betrieben sie schon Raumfahrt, es war für sie das Alltäglichste der Welt. Nur wie sind sie dazu gekommen?

Eigentlich hätten die Thoraner in ihrer Entwicklung nicht weiter sein können wie z.B. die Tantraner oder die Terraner. Allerdings hatten wir nicht mit Poseidon, dem Wesen aus der Siebten, gerechnet. Er und seine Anhängerschar aus der Sechsten und Fünften waren von den weiblichen Schönheiten auf Thora so angetan, dass sie diese besuchten, indem sie materialisierten und sich als Dreidimensionale ausgaben.

Sie kamen und verschwanden wieder, so oft sie wollten, und wurden schon als Götter verehrt. Wer von den Thoranerinnen sollte das denn schon merken? Wenn sie raffiniert vorgingen, und das taten sie, hatten sie ihren Spaß mit den Thoranerinnen.

So entstanden in den Jahrhunderten neue Dreidimensionale, die durch das teilweise Hinzutun von Erbinformationen der Siebener, Sechser und Fünfer überaus intelligent wurden. Da war es auch nicht verwunderlich, dass sie die neuesten Entdeckungen machen konnten, wovon sonst ein Dreier nur hätte träumen können.

Diese sogenannten Götter gaben diesen neugeborenen Thoranern und Thoranerinnen unbewusst einen Teil ihrer Intelligenz mit auf den Lebensweg. So kam es dann auch, sie konnten die unmöglichsten chemischen Verbindungen herstellen, ebenso konnten sie mit dem genetischen Code manipulieren.

Daraus entwickelte sich mit der Zeit eine überaus hochintelligente Rasse. Sie bildeten einen Rat, indem sich die direkten Nachkommen derer aus den höheren Dimensionen zusammentaten. Einen Anführer, oder besser gesagt einen obersten Befehlshaber, wählten sie dann aus. Wie durch ein Wunder wurde das der älteste Sohn des schlauen Poseidons, sein Name war Atlas.

Bei Atlas hatte Poseidon nicht mit seinen ihm zur Verfügung stehenden Möglichkeiten der Genmanipulation gespart. Ich glaube, hier hat er versucht alle Tricks auszuprobieren. Anscheinend ist ihm das auch wirklich gelungen. Denn Atlas war ein Hüne von Gestalt. Und genau dieser Atlas war es, der die ersten Überintelligenten von Thora anführte und sie durch Teleportation auf Terra brachte.

Zu Anfang war es die Kenntnis von der Lichtgeschwindigkeit, dann deren Anwendung. Und eben mit dieser Lichtgeschwindigkeit war es ihnen möglich, diese großen Entfernungen zwischen den beiden Planeten Terra und Thora zu überbrücken, und das in unvorstellbar kurzer Zeit. Da die Entwicklung auf Thora rasend schnell weiterging, dauerte es auch nicht lange, bis die Thoraner die Technik der Teleportation beherrschten.

Es waren aber nur einige Auserwählte, die mit dieser Technik vertraut waren, nämlich nur die direkten Nachkommen der Thoranerinnen, die sich mit den Wesen aus der Siebten, Sechsten und Fünften abgegeben hatten. Dementsprechend bildete sich eine bestimmte Kaste, welche die Oberhand behielt. Die absoluten Herrscher dieser Kaste waren in erster Linie die elf Kinder des Poseidons.

An zweiter Stelle nach Atlas kam Kleito, der dann auch der oberste Herrscher von Atlantis wurde. Nach ihm wurde das neue Reich, auf dem fruchtbaren Teil zwischen dem Garten Eden und dem westlich entstandenen vulkanisierten Teil, benannt.

Alle Kinder von Poseidon bekamen nach dem Willen von Atlas einen Teil dieses fruchtbarsten Landes. Der jüngere Zwillingsbruder von Atlas, Gadeiros, bekam den größten Landstrich zugeteilt und beherrschte somit den äußersten östlichen Teil der Insel.

Seine weiteren acht Geschwister teilten sich den Rest der Insel, als da waren Ampheres, Euaimon, Mnaseas, Autochton, Elasippos, Mestor, Azaes und Diaprepes. Damit diese Teile der Insel Atlantis immer in der sogenannten Poseidon-Familie blieben, wurde von Atlas bestimmt, dass das Erbrecht immer auf den Ältesten der Nachkommen seiner Geschwister übertragen wurde.

Einen Vorteil aber hatte Atlantis gegenüber allen anderen Gebieten auf Terra. Dadurch, dass sich die Erdplatten immer hin und her bewegten, und manchmal auch aufeinanderprallten, entstanden immer wieder neue Risse in der Erdoberfläche. Die Folge war, die einzelnen Erdplatten drifteten immer weiter auseinander, und somit wurden viele Lebewesen durch diese Erdstöße von ihren Artgenossen und Gefährten getrennt.

Manchmal gab es so starke tektonische Verschiebungen, indem die eine Erdplatte unter oder über die andere Erdplatte verschoben wurde, sodass vollkommen neue Gebirge entstanden. Überall auf Terra, wo solch starke Verschiebungen auftraten, bildeten sich Erhebungen bis hin zu 30000 Fuß.

Nur die Insel Atlantis veränderte seine Struktur überhaupt nicht. Dadurch, dass sie vulkanischen Ursprungs war, hatte sich das innerliche Magma so weit von unten her gefestigt, dass eigentlich keine Befürchtungen mehr vorhanden waren. Das wussten die Thoraner anscheinend genau, denn sonst hätten sie sich nicht diesen Landstrich für ihre zweite Heimat ausgesucht.

Zudem kam noch hinzu, sie hatten ihre Technologie so weit vorangetrieben, indem sie in der Lage waren, eben aus diesem Magma die Schätze, die im Innersten von Terra verborgen waren, herauszufiltern und sich zunutze zu machen. Unvorstellbare Bodenschätze verbarg das Magma. So entwickelten sie eine Legierung, von der die Bewohner der anderen Kontinente nur zu träumen wagten.

Diese Legierung benötigten sie für ihre sehr hoch gesteckten Ziele, um in der gesamten Galaxie Handel mit anderen Wesen zu betreiben. Außer dieser Legierung, die sie Oreichalkos nannten, verfügten die Atlanter, wie sie sich selbst nannten, noch über weitere Bodenschätze und machten ihr gesamtes Reich Atlantis zu einem der reichsten und interessantesten auf Terra.

Während in anderen Gebieten die Menschen noch mit den einfachsten Mitteln versuchten Städte aufzubauen, oder ihre Felder zu bestellen, besaßen die Atlanter riesige Tempel, wo sie ihre Herrscherfamilien untergebracht hatten. Deren Tempel hatten goldene Dächer und mit Messing beschlagene Verzierungen.

Sie verfügten über unermessliche Reichtümer, bauten Erzbergwerke, Obstplantagen, Flug- und Landeplätze für ihre Raumfähren, mit denen sie den gesamten Bereich von Terra überwachen konnten und für ihre Zwecke nutzten.

Mit den Nachkommen von Adam und Eva, sowie mit allen anderen von uns geschaffenen Wesen trieben sie Handel, und versuchten immer wieder diese zu unterjochen oder zu übervorteilen. Sie nutzten ihre Überlegenheit schamlos aus, und versklavten erbarmungslos die Menschen dieser Zeit für ihre Zwecke.

Die Atlanter konnten es sich ja auch leisten, denn keine andere Rasse hier auf Terra hatte etwas Gleichwertiges entgegenzusetzen. So holten sie sich für ihr Vergnügen fast alle Tierarten von Terra und bauten ihnen auf Atlantis entsprechende Gebiete, wobei sie sogar von der Jagd nach diesen Arten Gebrauch machten.

Im Laufe der Zeit hatten sie hier auf Atlantis eine mächtige Kriegsmacht zusammengestellt und beherrschten dementsprechend diesen Planeten und fast die gesamte Galaxie. Atlantis war eine Supermacht.

Wir beobachteten diese Entwicklung mit Sorge, konnten aber in diesen Prozess überhaupt nicht eingreifen. Wie auch? Wir konnten zwar Leben entstehen lassen, doch die Naturgewalten im Universum nicht beeinflussen. Um uns ein Bild von der Zukunft Terras zu machen, erlaubten wir uns wieder einmal einen Ausflug um Hunderte von Jahren in die Zukunft. Was wir dann sahen, machte uns immerhin nachdenklich.

Die Entwicklung auf diesem Planeten raste nur so dahin. In den Jahrhunderten hatten sich die

Menschen untereinander so weit gefestigt, dass sie für bestimmte Gebiete, die sie bewohnten, sogar Kämpfe mit den eigenen Artgenossen begannen, teilweise vernichteten sich dabei ganze Volksgruppen.

Jahwe kam zu uns und berichtete, er habe von höherer Seite den Auftrag bekommen, ein Zeichen für die Menschheit zu setzen. Das machte uns aber dann doch so richtig neugierig. Von höherer Seite? Was wurde denn hier gespielt?

Wer, und was, die höhere Seite war, wollten wir von ihm wissen, Jahwe konnte es uns nicht mitteilen. Die einzelnen Völker von Terra seien untereinander so zerstritten, sodass er, also Jahwe, dafür zu sorgen hätte, dass endlich wieder einmal ein vernünftiges Leben für alle aufkommen sollte.

Jahwe bekam den Auftrag, allerdings nicht von uns, seinen Sohn als Retter zu schicken, um der Menschheit zu zeigen, dass mit den Göttern nicht zu spaßen sei. Das solle der Anfang einer neuen Zeitrechnung werden.

Ilja und mir ließ das keine Ruhe. Kurzfristig gingen wir noch einige hundert Jahre weiter in die Zukunft und merkten, dass wirklich eine neue Zeitrechnung begonnen hatte. Von dem

Tage an, da Jahwe seinen Sohn auf Terra auftauchen ließ, rechneten die Menschen mit dem Jahre Null. Alles, was vorher war, bezeichneten sie vor der Zeitrechnung, und alles, was nachher kam, nach der Zeitrechnung.

Eigentlich hatten wir nun genug gesehen und beschlossen, wieder in die Zeit zurückzugehen, als die Menschen noch in den Kinderschuhen steckten. So beobachteten wir wieder, wie sich die Situation auf Atlantis weiterentwickelte.

Es waren etliche Jahre vergangen und die Menschenrassen lebten von ihren eigenen Erfahrungen, die sie in der Zwischenzeit hinter sich gelassen hatten. Für uns war es auch spannend zu erleben, wie diese Völker sich verständlich machten. Auf die unterschiedlichste Art entwickelte jede Rasse für sich eine eigene Sprache und die dementsprechenden Zeichen dazu. Es gab wirklich einige darunter, die sich zu etwas Höherem berufen fühlten. Wir merkten, dass sie einfach durch ihre Genmanipulation mehr Potenzial zur Verfügung hatten, also intelligenter waren als andere.

So fanden sich einzelne Menschen zusammen und bildeten Gruppen, deren Ziel es war, mit ihrer Intelligenz dazu beizutragen, dass es ihnen besser gehen sollte. Immer wieder kamen sie mit den Atlantern zusammen, die ihnen in allen Belangen überlegen waren. Gerade der Kontakt mit den Atlantern verhalf den Terranern zu ihrer Intelligenz.

Auf einfachen Papyrusrollen schrieben sie mit einfachen, ihnen zur Verfügung stehenden Mitteln das Erlebte auf. Daraus lernten sie ihr gewonnenes Wissen ihren Nachkommen zu hinterlassen, damit sie sich ein Bild von dem machen konnten, was sie in der Vergangenheit erlebt hatten.

Es war ein Volk, welches unmittelbar in der Nähe des Garten Eden lebte und mit den ersten schriftlichen Aufzeichnungen begann. Dieses Volk nannte sich selbst die „Ägypter". Sie lebten, bis auf wenige Ausnahmen, friedlich mit den Israelis zusammen, in und um den Garten Eden herum.

Etwa 11000 Jahre vor der Neuzeit befand sich Atlantis in der Blütezeit. Die einzelnen Volksgruppen, mit denen sie in Kontakt standen, verteilten sich mittlerweile über den gesamten Erdball. Die entsprechenden Landstriche hatten ihre feste Position erreicht nach dem großen Meteoriteneinschlag. Kleine Verschiebungen gab es immer, doch diese beeinträchtigten nicht die Lage der Erdmassen.

Die jetzt hier lebenden Menschen hatten, jeder in seiner ihm eigenen Sprache, für jeden Teil der Erde eine feste Bezeichnung gefunden. So stellte sich heraus, dass es mitlerweile 8 Kontinente gab, die im Ursprung eigentlich alle eins waren. Mit der Zeit kristallisierte sich heraus, dass jede kleine Volksgruppe ihren eigenen Dialekt sprach. So kam es dann auch, dass die einzelnen Kontinente, die sich gebildet hatten, Namen bekamen, welche sprachspezifisch waren.

Es gab zwei große Teile, die zwar in sich unterteilt waren, doch immer noch zusammenhingen. So, wie die Menschen ihre eigene Sprache fanden, gaben sie auch allen anderen Teilen, wie Städten, Flüssen, Seen, Tieren, Gebirgen oder Kontinenten spezielle Namen.

Der kleinere der beiden großen Teile bekam den Namen Amerika, unterteilt in Nord- und Südamerika, und der andere größere Teil wurde unterteilt in Eurasien und Afrika. An den beiden Polen bildeten sich riesige Eismassen, die in Arktis und Antarktis unterteilt wurden. Durch eine unvorhergesehene Eruption im östlichen Teil von Eurasien brach ein Teil vom Festland ab und driftete als eine riesige Insel im Wasser. Diesen Teil nannten die Menschen Australien.

Und der Teil zwischen der einen Seite Amerika und dem größten Kontinent Eurasien, also diese aus Magma bestehende Insel Atlantis, war der achte Kontinent. Über diese Bezeichnungen der Menschen machten wir uns keine Gedanken, hatten sie mit unseren Beobachtungen nichts zu tun. Nur, wir wunderten uns darüber, wie schnell die Terraner sich einig waren ihren Heimaten und festen Dingen bestimmte Namen zu geben.

Im Laufe der Zeit kristallisierte sich heraus, dass fast alle Menschengruppen auf Terra die direkten Nachkommen von Poseidon als Gottheiten ansahen. Durch den fleißigen Handel mit den Atlantern stellten sie fest, in einer bestimmten Art und Weise waren die Atlanter allen ihnen bekannten Lebewesen geistig um Längen voraus.

Woher sollten sie auch wissen, dass sie im Gunde genommen, aus einer anderen Dimension stammten. Durch das Beherrschen der Teleportation konnten sie kommen und urplötzlich wieder verschwinden.

Alle Versuche, ihnen nachzuahmen und das gleiche tun, waren für die Terraner vergeblich. Kein Wunder also, wenn sie von „den Göttern" sprachen.

Wie sollten sie sich auch gegen diese Übermacht zur Wehr setzen, hatten die Atlanter doch die Gewalt der Güte, der Ausbeutung und der Vernichtung.

Immerhin bestand das große Heer des zentralen Reiches von Atlantis aus unglaublichen 10.000 Kriegswagen, 1.200 Kriegsschiffen und deren Besatzung, 120.000 Pferden, 60.000 Zweigespannen mit Kriegern und Wagenlenkern, 120.000 Schwerbewaffneten, 120.000 Bogenschützen, 180.000 Stein- und Speerwerfern. Außerdem befanden sich noch neun weitere, wenn auch nicht so bedeutsame Verwaltungsstaaten auf Atlantis.

Bis zu diesem Zeitpunkt hörten noch größtenteils die Menschen von Terra auf Jahwe, denn der war ihnen in jeder Hinsicht überlegen, obwohl einige Völker im Laufe der Jahrhunderte sich schon von ihm gelöst hatten und ihre eigenen Götter verehrten.

Auf Atlantis aber gab es nur einen Gott, Poseidon, dem jeder Atlanter bedingungslos gehorchte und folgte, wohin auch immer. Sogar einige Volksgruppen, ganz in der Nähe vom Garten Eden, hatten sich durch den Handel mit den Atlantern, Poseidon als einen ihrer Götter auserkoren. Diese nannten sich selbst die

„Griechen". Poseidon war für sie der Gott des Meeres, wohl, weil Atlantis für die Griechen nicht allzu weit entfernt war.

Natürlich konnten sie Atlantis nur mit Schiffen erreichen, deshalb gaben sie Poseidon den Namen „Gott des Meeres". Außer Poseidon hatten die Griechen noch etliche Götter, die sie verehrten. Darüber machten wir uns so unsere eigenen Gedanken.

Wieso verehrten diese Griechen so viele Götter? Was war da mit diesem Volk geschehen? Hatte wieder irgendein Wesen aus der Sechsten oder der Fünften seine Hände im Spiel? Das mussten wir sofort untersuchen. Nicht, dass wir das nicht wollten, doch wir wollten über alle Geschehnisse auf diesem Planeten unterrichtet sein. Das machten wir dann auch Jahwe verständlich. Von ihm erfuhren wir letztendlich auch, dass es sich bei den Eindringlingen um die „Gemeinschaft der Götter" handelte.

Nicht eingreifen, war unsere Maxime, nur beobachten und genießen. Was sollten wir auch tun? Wir hatten mit dem Experiment begonnen, schließlich sollte alles seinen geregelten Gang gehen. Jetzt irgendwo eingreifen hatten wir nicht vor.

Ilja machte mich nur aufmerksam auf „die Vereinigung der Götter". Diese sollten wir unbedingt im Auge behalten. Wer weiß, was von denen noch alles zu erwarten war? Denn irgendwo über uns gab es anscheinend noch jemanden, der sogar uns manipulieren konnte. Verschließen konnten wir uns ebensowenig gegen eine höhere Intelligenz, wie die Wesen aus den niedrigeren Dimensionen uns gegenüber. Nur aufmerksam und neugierig sollten wir bleiben.

Jahwe sah das alles ein wenig anders. Nachdem er feststellte, wie die Schlechtigkeit der Menschen teilweise erschreckend zunahm, beschloss Jahwe die Menschheit für die Verfehlungen zu bestrafen. Dieses wollte er vor uns verheimlichen, doch wir merkten an seinen Ausstrahlungen, was er vorhatte.

Ich machte Ilja darauf aufmerksam, doch er vertrat die Meinung, Jahwe soll das allein entscheiden. Wir wollen einmal sehen, was er anstellt. Jahwe war sich seiner aber doch nicht ganz sicher, sollte er die gesamten Menschen bestrafen oder nur die, welche für die Verfehlungen verantwortlich waren.

Da von seinem Vorhaben keiner auch nur das Geringste ahnen sollte, ließ Jahwe Hunderte von Jahren vergehen, bis er sich einen Mann aus der direkten Geschlechternachfolge Adams aussuchte. Dieser sollte dafür sorgen, dass die Menschen auf Terra wieder auf den rechten Weg geführt wurden.

Jahwe machte das so geschickt, sodass er sogar uns an der Nase herumführen wollte. Doch wir teleportierten uns einfach Hunderte von Jahren in die Zukunft, und stellten fest, wie raffiniert Jahwe diese Bestrafung aussehen lassen wollte.

Im gesamten Universum gab es sogenannte Neutronensterne, die alles bisher Dagewesene in den Schatten stellten. Ihre Größe war gar nicht so wichtig, doch ihre Masse war so stark, dass sie am laufenden Band Gammastrahlen ausspuckten, die so gewaltig waren, und im Universum Katastrophen von unvorstellbarem Ausmaß verursachten.

Jahwe muss das gewusst haben, denn er konnte auch in die Zukunft schauen, aber eben nicht so wie wir. Bei unserem Ausritt in die Zukunft sahen wir eine riesige Explosion eines Neutronensternes, allerdings nicht in unserer Galaxie, sondern Hunderte von Lichtjahren entfernt. Wenn man etwas gelernt hatte in den anderen Dimensionen, so konnte man genau berechnen, wann die Ausläufer dieser Gammastrahlen voll auf Terra treffen würden. Terra hatte sogar noch Glück im Unglück, denn der Strahl des Neutronensterns streifte diesen Planeten nur in einer Entfernung von einigen Lichtjahren.

Was diese Gammastrahlen aber hinterließen, waren unheimliche Verwüstungen auf den Planeten, die in seinem Explosionsschweif waren. Nachdem wir das sahen, was Terra demnächst mitgespielt wurde, waren wir um so gespannter, wie Jahwe uns das verkaufen würde.

Wir riefen Jahwe wieder einmal zu uns, um uns über die Fortschritte auf dem Planeten Terra unterrichten zu lassen. Diesen Weg beschritten wir, damit er nichts von unserem Wissen, welches wir aus der Zukunft mitbrachten, erfuhr.

Aus welchem Grund auch immer, Jahwe wurde plötzlich redselig. Dass sich alles um unser Paar aus dem Paradies drehte, ahnten wir, nur wir wollten von Jahwe genau wissen, wie er sich die Zukunft von Terra vorstellte. Dann erzählte Jahwe uns, was in der Zwischenzeit mit den Menschen, die sich Israeliten nannten, geschehen war.

Hunderte von Jahren waren mittlerweile vergangen, aber Jahwe fing mit einem Mann an, der den Namen Metuschelach trug.

Metuschelach, ein direkter Nachkomme von Adam und deren Sohn Set, zeugte, als er hundertsiebenundachtzig Jahre alt war, einen Sohn, den er Lamech nannte. Genau dieser Lamech zeugte fast im gleichen Alter wie sein Vater, nämlich mit hundertzweiundachtzig Jahren, wieder einen Sohn, der auf den Namen Noach hörte. Noach hieß so viel wie Ruhe. Er machte seinem Namen alle Ehre, denn Noach war ein gerechter, untadeliger Mensch.

Da Jahwe die Menschen auf Terra mit anderen Augen sah als wir, war er überzeugt davon, dass alle Menschen in seinen Augen schlecht waren, und geworden sind durch die Ausschweifungen ihres Lebensstils. Daraufhin nahm Jahwe sich Noach zur Brust und teilte ihm mit, er würde die Menschen auf Terra von all seinen Lastern befreien, indem er eine große Flut über Terra kommen ließe, die das gesamte Leben der Lebewesen beendet.

Noach war über diese Äußerungen Jahwes so bestürzt, sodass er das erst nicht glauben wollte. Aber Noach hatte in all den Jahren immer wieder erfahren, und von seinen Vorfahren gehört, dass alles, was Jahwe sagte und getan hatte, Wirklichkeit wurde. Warum sollte er denn dieses Mal daran zweifeln. Nach einer Bedenkzeit hörte er Jahwe zu und ließ sich über den Ablauf der großen Flut unterrichten. Noach wurde aufgetragen, eine Unterkunft zu bauen, die der großen Flut trotzen konnte.

Hin und her überlegte Noach mit seinen Söhnen und der ganzen Familie, wie sie das denn anstellen sollten. Sie entschieden sich für eine riesige Unterkunft aus Holz. Davon war genügend in den Wäldern vorhanden. Holz war auch das einzige Material, was immer auf der Wasseroberfläche blieb, selbst wenn es nass wurde.

Auf die Frage, wer denn nun alles in diesem Holzfloß Platz nehmen sollte, entgegnete ihm Jahwe, es solle seine gesamte Familie sein, dazu von allen Tieren, die es auf Terra gab, je sieben Männchen und sieben Weibchen, damit der Fortbestand der Tierwelt erhalten bleibt nach der Flut. Nicht zu vergessen genügend Proviant für alle, die auf dem Floß Platz hatten, denn die große Flut würde vierzig Tage und Nächte lang anhalten.

Noachs Familie machte sich an die Arbeit, als er erfuhr, dass seine Familie die Ausgesuchten waren, die diese schreckliche Katastrophe überleben sollten. Mittlerweile hatte Noach das Alter von sechshundert Jahren erreicht, als die Urflut Terra heimsuchte.

Durch die Explosion eines Neutronensterns weit draußen im Universum wurde Terra so kräftig durchgeschüttelt, dass die Wolken sich in einem fürchterlichen Guß entluden, und die Meere alles überfluteten. Dadurch stiegen die Wassermassen so hoch, kein Lebewesen konnte das überstehen. Das Wasser wütete und wütete hundertfünfzig Tage lang.

Nachdem die Gammastrahlen der Explosion Terra hinter sich ließen, traf in deren Sog ein Wind den Planeten, der nach und nach die Wassermassen vertrieb und das Wasser verdunsten ließ, in dem sich wieder Wolken bildeten, die mit rasender Geschwindigkeit über die Kontinente zogen. Das viele Wasser floss in seine ursprünglichen Regionen zurück und der Boden und die Berge wurden wieder sichtbar.

Als sich alles beruhigt hatte, trat eine vollkommene Stille auf Terra ein. Vierzig Tage hatte ihm Jahwe gesagt, dann würde wieder Normalität eintreten. Noach hielt sich genau an die Anweisungen Jahwes, und nach vierzig Tagen öffnete Noach ein Fenster seiner schwimmenden Unterkunft. Was er sah, wollte er erst nicht glauben. Der blaue Himmel mit seinen vorüberziehenden Wolken war wieder zu sehen, alles war wieder grün, die Wiesen, die Wälder und Felder. Es sah doch so friedlich aus. Nur wo waren die vielen Menschen und Tiere geblieben?

Plötzlich stand Jahwe wieder vor Noach und befahl ihm die Unterkunft mit seiner gesamten Familie und den darin befindlichen Tieren zu verlassen. Sie sollten die einzigen sein, die noch übrig waren nach dieser schrecklichen Flut.

Das große Wasser hatte sich mittlerweile so weit zurückgezogen und ihre Holzunterkunft schwamm nicht mehr, sondern hatte den Boden erreicht und stand fest auf diesem. Als Noach und seine Familie das merkten, waren sie bereit ihre Unterkunft zu verlassen. Eine unheimliche Stille umgab sie. Langsam kamen auch alle Tiere hervor und machten sich auf den Weg neue Lebensräume zu finden.

Von Jahwe hatten sie gehört, all diejenigen in dem Holzfloß wären die einzigen Überlebenden. Bisher konnten sie den Aussagen Jahwes Glauben schenken. Doch sie sollten sich täuschen. Es gab noch eine Unmenge an Vögeln,

Fischen und solchen Tieren, die fliegen und schwimmen konnten. Auch diese hatten die schreckliche Flut überlebt.

Hatte Jahwe sie belogen, oder war ihm nur ein schrecklicher Fehler unterlaufen? Wir beobachteten dieses und stellten fest, ein noch so guter Plan kann auch Fehler aufweisen. Noch eines bemerkten wir. Jahwe hatte sogar uns hintergangen.

Er hatte für die anderen Gebiete, in denen wir die verschiedensten Menschen entworfen hatten, dafür gesorgt, dass diese Menschen genauso behandelt worden waren, wie Noach und seine Familie. Daraufhin bestellten wir Jahwe zu uns zum Rapport. Er war der Meinung, er hätte richtig gehandelt, was wir ihm nach reiflicher Überlegung auch zugestehen mussten. Warum sollten denn ausgerechnet nur eine Sorte von Menschenrassen das Fiasko überleben. Dann wäre unser Plan schnell zunichtegemacht worden.

In diesem Augenblick merkten wir zur gleichen Zeit beide, dass dieser Jahwe bestimmt der Nächste sein würde, der sich für die siebte Dimension klassifiziert hatte. Er meinte es so gut mit uns, uns eine weitere Arbeit abgenommen zu haben.

Eigentlich hatte er recht. Warum sollten wir nochmals mit der Genmanipulation anfangen?

Überall auf Terra hatte Jahwe dafür gesorgt, dass besondere Familien jeder Rasse, von ihm bestimmt wurden, dieses große Ereignis zu überleben. Damit war sichergestellt, dass unser Experiment seinen Lauf nahm.

So hörten wir von einem Teil auf Terra, welches sich nach dem Auseinanderdriften im südlichen Teil befand. Hier hatten sich verschiedene Volksgruppen gebildet, die von dominierenden Herrschern angeführt wurden.

Ca. 40.000 Jahre vor der Zeitrechnung sind einige Volksstämme, nachdem sie die Gegend um das Paradies verlassen hatten, gen Norden gezogen, immer auf der Suche nach neuen Siedlungsmöglichkeiten. Jahrhunderte vergingen, immer wieder teilten sich die Völker, wurden sesshaft und verbündeten sich mit den bereits dort Ansässigen.

Einige waren darunter, die nie so richtig ein endgültiges Zuhause fanden. Sie gaben nicht auf und wanderten immer weiter, in der Absicht, das neue gelobte Land zu finden. Ein großes Wasser, welches das östliche Land mit dem westlichen Land verband, versuchten sie mit Booten zu überqueren, und so gelangten sie dann letztendlich auf den südlichen Teil von Terra.

Einige blieben hier, andere wanderten auch hier noch unstetig von Landstrich zu Landstrich. Nachdem sie dann endlich angekommen waren, begannen sie mit dem Bau von Unterkünften, bauten Städte und verbreiteten sich rasend schnell.

Jahwe und wir hatten auch das genau beobachtet, doch wir wollten sehen, was hier geschah. Dann berichtete uns Jahwe von einigen Wesen aus der Fünften, die sich besonders einem Volk annahmen, das sich Mayas nannte. Xipe Totec nannte er sich selbst. Der Name überraschte mich ein wenig. Denn als ich noch ein Dreier war, wurde in meiner Jugend oft von einem Xipe Totec gesprochen.

Dieser Xipe Totec tauchte auf unserem Heimatplaneten Mooya plötzlich auf, und verschwand wieder genau so schnell wie er gekommen war. Damals machten wir uns einen Spaß daraus, ihn zu rufen, wenn wir schönes Wetter haben wollten. Denn, wenn es einmal nicht so schön, aber richtig kalt war, riefen wir ihn, und nach einiger Zeit tauchte er dann auch bei uns auf.

Das war aber nicht das Besondere an ihm. Nein, er brachte uns immer eine warme Zeit mit. Erst als ich in der Vierten war, wusste ich wieso. Er war eines dieser Wesen, welches je nach Belieben die Temperatur auf dem Planeten verändern konnte. Allerdings nur in aufsteigender Form. Es wurde, je länger er bei uns war, immer wärmer und wärmer. Manchmal sogar so heiß, dass wir ihn verfluchten und wieder verjagten.

Anscheinend kein Problem für ihn, denn er war uns nie böse. Leider konnten wir nicht feststellen, wohin er verschwand. Kurze Zeit darauf stellten sich dann wieder normale Temperaturen auf unserem Heimatplaneten Mooya ein.

Es sah also so aus, als wäre dieser Xipe Totec derselbige aus meiner Vergangenheit. Seit der Zeit, da sich Xipe Totec bei den Mayas aufhielt, hatten diese unwahrscheinlich warme Temperaturen. Bei diesem Volk wurde er genau so verehrt, wie bei uns. Das genoss dieses Wesen. Nur, wie kam Xipe Totec hier nach Terra?

Wir nahmen ihn uns einmal vor, ohne dass er es merken sollte. Mittlerweile befand sich Xipe Totec nicht mehr in der Fünften, sondern er hatte es geschafft in die Sechste zu kommen.

Davon hatten wir bis jetzt keine Ahnung, gingen dementsprechend auch nicht allzu vorsichtig mit ihm um. Leider war das unser Fehler, denn das bemerkte er sofort, dass sich da zwei um ihn kümmern wollten.

Jahwe stellte auch fest, dass dieser Xipe Totec gar nicht so einfach zu durchschauen war und berichtete uns davon. Er konnte nicht ahnen, dass wir das schon bemerkt hatten und ihn einer Überprüfung unterzogen. Mit den Sechsern hatten wir im Laufe der Zeit schon so einiges erlebt, doch was wir hier mit Xipe Totec erleben sollten, überraschte uns dann doch.

Erst einmal merkten wir, dass er sich verstellen wollte. Es sollte keiner erfahren, wie schlau und listig er sei. Xipe Totec verstand es geschickt, von sich abzulenken, und so schob er einen seiner Freunde aus der Fünften vor, der in Wirklichkeit keine Ahnung hatte, was er mit ihm machen wollte. Doch so raffiniert er sich auch anstellte, es nützte ihm nichts. Wir hatten das sofort durchschaut, mussten dann aber feststellen, dass dieser listige Fuchs einen ganzen Rattenschwanz hinter sich herzog.

Mehrere seiner damaligen sogenannten Freunde waren ihm gefolgt und waren ihm sogar hörig. Wie er das angestellt hatte, merkten wir dann aus seinen Gesten und seinem Umgang mit den Mayas. Diese Freunde kamen allerdings auch aus der Fünften, manche sogar nur aus der Vierten. Xipe Totec brachte das Volk der Mayas dazu, sich untereinander nicht mehr zu vertrauen.

Er säte Haß und Zwietracht unter ihnen. Mit Hilfe seines alten Freundes Huitzilopochtli wurden ihm Menschenopfer dargebracht. Dafür ließ er extra einen großen Tempel in Tenochtitlan errichten, und alle Mayas mussten seinen Opferhandlungen beiwohnen. Wieso er so auf die schiefe Bahn gekommen war, konnten wir uns nicht erklären, doch es musste mit seinem Wirken auf Mooya zu tun haben.

Trotz all dieser Ungereimtheiten standen die Mayas voll hinter Xipe Totec. Wir wunderten uns genug darüber. Doch dann erfuhren wir von Jahwe, dass dieser Xipe Totec, wenn er sich zu sehr über sein Volk, und er glaubte daran, dass es sein Volk sei, geärgert hatte, einfach für eine geraume Zeit verschwand, so, wie er es aus seiner früheren Zeit bei uns gewohnt war.

In der Zwischenzeit war auf Terra von seinen wärmenden Fähigkeiten nichts mehr zu spüren, denn die Gegend erkaltete zusehends. Da war es kein Wunder, dass die Mayas sich nach ihm sehnten, und seinen vertrauten Freund Huitzilopochtli anflehten, ihn, Xipe Totec wieder zu sich zu holen. Das genoss er so sehr, denn er ließ sich immer wieder neue Schandtaten einfallen.

Um seine Untertanen noch mehr an sich zu binden, machte er allen Glaubens, die Mayas befänden sich in einer für sie bestimmten Welt, nämlich der Hauptwelt, der sogenannten Cemanahuatl.

Außer dieser sogenannten Cemanahuatl gab es für die Mayas noch die Oberwelt, die sich Topan nannte und die Unterwelt, die sich Mictlan nannte. In dieser Unterwelt befanden sich hauptsächlich die von allen gefürchteten Geister. Denn in der Oberwelt waren ja nur die Götter zu finden, die es doch immer mit ihnen gut meinten.

Nur zu der Unterwelt hatten alle ein gestörtes Verhältnis, denn dort waren die Gespenster zu Hause. Man kannte sie auch unter dem Namen Tzitzimime. Die Furcht vor ihnen war so groß, dass die Mayas sich nicht trauten auch nur den Namen dieser Gespenster auszusprechen, denn sie hatten die Möglichkeit, sich des Nachts anzuschleichen, um die Seelen ungeborener Kinder zu stehlen und die Männer zum Ehebruch zu verführen.

Huitzilopochtli war ein ganz schlimmer Finger. Er passte wirklich gut zu Xipe Totec. Für die Gemeinheiten dieses Sechsers war er das ausführende Organ. Huitzilopochtli nahm für sich in Anspruch, völlig unabhängig und brutal zu sein. Dafür führte er auch mit jeder anderen Rasse in diesem Teil Terras Krieg. Bei vielen Menschen dieser Rassen hinterließ er ein totales Chaos.

Dadurch, dass er aus der Fünften kam, war er anscheinend auch nicht besser als die anderen sogenannten Götter. Huitzilopochtli suchte sich auch immer die hübschesten Frauen aus, um mit ihnen Kinder zu zeugen. Mittlerweile hatte er es auf mehr als 400 solcher Halbwesen geschafft. Er genoss es so sehr, dass er einfach nicht damit aufhören konnte.

Kreuz und quer durch die einzelnen Völker. Was ihm aber dabei nicht gelang, und darüber ärgerte er sich so sehr, war die Zeugung einer Tochter. Huitzilopochtli versuchte es immer wieder, doch es wurden nur Söhne.

Anscheinend war es ihm nicht gelungen, den genetischen Code zu knacken.

Seine anderen Freunde aus der Fünften konnten es ihm wohl auch nicht beibringen.

Bei den Mayas genoss er große Anerkennung. Sie waren stolz, dass ein solch intelligentes Wesen wie er, sich mit ihren Frauen abgab und immer Söhne hervorbrachte. Für sie wurde er zum höchsten Gott. Seine Zeugungswut galt zugleich als eine Art Ehre des Gottes, den sie verehrten. Er meinte es gut mit Ihnen, sorgte er doch weiterhin für Nachschub an Lebewesen.

Huitzilopochtli rechtfertigte das alles mit der Begründung, wenn schon so viele Opfer dem großen Gott Xipe Totec geweiht würden, dann wolle er dafür sorgen, dass ein Ausgleich hergestellt sei. Er bezog sich auf das heilige Buch, das Popol Vuh, oder auch die heilige Schrift der Mayas, welches als symbolisch-religiöse Grundlage für die Menschenopfer galt.

Wir wollten uns einmal etwas näher mit diesem Popol Vuh beschäftigen, denn diese Völker sahen es als ihre eigene Schöpfungsgeschichte an. Das Paradies, oder anders gesagt, der Garten Eden, wurde nach einem Gott benannt, der sich Tlaloc nannte. Und so gaben sie dem Paradies den Namen Tlalocan. Dieser Tlaloc sollte zwei Söhne haben, sogar Zwillinge.

Sie hörten auf die Namen Quetzalcoatl und Xolotl. Die beiden sollen in die Unterwelt Mictlan eingedrungen sein und dort die Knochen eines Mannes und einer Frau aufgesammelt haben, die bei den vier kosmischen Katastrophen umgekommen waren.

Quetzalcoatl floh vor dem Zorn des Totengottes und ließ dabei die Knochen fallen. Dabei zerbrachen sie. Quetzalcoatl hob die Stücke aber wieder auf und floh damit zur Erdgöttin Cihuacoatl. Diese zermahlte die Knochen und mischte sie in ein Gericht. Quetzalcoatl träufelte Blut aus seinem Penis darüber und erschuf so die Menschheit.

Wir wussten es besser, doch überall auf Terra umgaben sich die verschiedenen Volksgruppen mit ihren eigenen Schöpfungsgeschichten. Jahwe hatte das alles überwacht, war aber erstaunt darüber, dass wir uns mit der Schöpfungsgeschichte der Mayas beschäftigten. Er konnte das nicht verstehen, wo wir doch wissen mussten, wie es in Wirklichkeit gewesen ist. Allerdings, es war für uns immer wieder interessant zu beobachten, was diese von uns erschaffenen Wesen dachten und taten.

Die Entwicklung der einzelnen Rassen auf Terra war für uns vordringlich. Deshalb interessierten wir uns beide dafür, wie jede Rasse sich ihre eigene Schöpfungsgeschichte zusammenreimte.

Überall tauchten Wesen aus der Sechsten oder Fünften auf, die ihnen den Werdegang darzulegen versuchten. So kam aus der Fünften einer, der sich als Schöpfer aufspielte und wirklich komische Ansichten vertrat. Jahwe hatte anscheinend mit allen Göttern und Wesen aus der Sechsten und Fünften eine Vereinbarung getroffen.

Uns erzählte er erst einmal nichts davon, war es doch anscheinend seine Idee gewesen, nicht alle Rassen durch die Sintflut vernichten zu lassen. Er hatte uns zwar davon unterrichtet, überall eine bestimmte Anzahl von Menschen zu retten, nur, wie er das auch wirklich genau anstellen wollte, sollten wir wohl selbst herausfinden.

So sahen wir einen Fünfer, aus dem Nichts auftauchen, der sich Na-Pi nannte. Etwas weiter nördlich hatte er eine Rasse mit rötlicher Hautfarbe und speziellen Merkmalen ausgestattet. Von den Rothäuten, sie selbst nannten sich „Indianer", wurde Na-Pi als der Schöpfer angesehen, denn alles, was er tat oder berichtete, ja sogar anordnete, wurde bedingungslos ausgeführt oder trat genauso ein, wie er es ankündigte.

Wir wussten aber, dass auch er dem Rat der Götter angehörte, und gerade deshalb nahmen wir seine Versuche aufmerksam zur Kenntnis. Er weissagte ihnen, er habe die Vögel, die Fische, die Büffel und noch weitere Tiere geschaffen. Die Indianer glaubten ihm, ohne nachzudenken, denn er habe die Hügel, die Prärie, die Berge, die Sträucher und die Flüsse geschaffen.

Er hatte auch dafür gesorgt, dass diesem Volk genügend Nahrung zur Verfügung stand. Na-Pi berichtete seinen Untertanen, denn in seinen Augen waren es Intelligenzen, die nicht ganz ausgereift waren, wie er die ersten Indianer in diesem Gebiet hier erschaffen hatte. Diese trostlose Einöde sollte doch mit „Intelligenzen" belebt werden.

Na-Pi vermittelte ihnen, zu Anfang habe er aus Ton eine Frau und ein Kind erschaffen. Als er dann merkte, das würde für eine Ausweitung des Indianervolkes nicht reichen, erschuf er am nächsten Tag auch einen Mann. Anders, als wir es getan hatten, berichtete Na-Pi von seinen Heldentaten. Diese von ihm erschaffene Frau sprach Na-Pi an und meinte: „Werden wir hier immer leben?". Na-Pi meinte, er habe darüber noch nicht nachgedacht, aber sicherlich gibt es auch dafür eine Lösung.

Als Fünfer wusste Na-Pi genau, dass die erschaffenen Wesen nicht von Dauer sein konnten, er wusste aber auch, dass er sich hier so aufspielte, als wäre es seine Erfindung. Im Rat der Götter hatte man ihm diese Aufgabe zugeteilt, denn sie wollten nicht, dass Jahwe alles übernahm.

Der Rat der Götter war zu vergleichen mit einem Geheimbund, bestehend aus Fünfern, Sechsern und Siebenern und war der Meinung, für jede Rasse sollte es auch ein eigenes Vorbild geben. Also für die Indianer eben Na-Pi.

Wir stellten Nachforschungen über Na-Pi an, indem Ilja (später auch als Elias) sich umhörte, und erfuhren, dass in Wirklichkeit Na-Pi von einem sogenannten Halbgott abstammte, der sich, als er noch ein Dreier war, mit einem Wesen aus der Vierten und anschließend mit einem aus der Fünften vereinigt hatte. Zu seiner Zeit als Dreier war er unter dem Namen Manitu bekannt.

Viele schreckliche Erinnerungen an diesen Namen brachte Na-Pi dazu, ihn in der Zukunft zu verheimlichen. Allerdings wusste der Rat der Götter darüber Bescheid, und ließ durch Jahwe den Indianern ausrichten, dass Na-Pi unter dem Namen „der große Manitu" wahre Wunder vollbracht hatte.

Na-Pi verordnete sogleich Anweisungen, nach denen sich das Volk zu richten hatte. Er gab einer von ihm erschaffenen Frau den Befehl, einen Stein zu nehmen und ihn ins Wasser zu werfen. Sollte der Stein oben auf der Wasseroberfläche bleiben und nicht versinken, würde das Volk ewig leben, andernfalls aber, würde er versinken, wäre das Volk der Indianer für immer sterblich.

Nachdem die Frau den Stein ins Wasser geworfen hatte, versank er, und sie meinte zu Na-Pi: „Können wir das nicht rückgängig machen?" Als dieser jedoch verneinte, gab es für das Volk keinen Ausweg. Sie waren damit nicht unsterblich. So kam es dazu, dass Na-Pi sie in der Hand hatte und sie ihm alles glauben mussten, denn am nächsten Morgen war das Kind gestorben. Dass es aber an einer Krankheit verstarb, verriet Na-Pi ihnen nicht.

Was er ihnen aber erzählte, waren wahre Wundergeschichten. So berichtete er von einer anderen Gegend, in denen er Menschen getroffen hatte, und viele krank waren, er aber hatte sie alle gerettet. Mit unterschiedlichen Subtanzen aus Beeren und Pflanzen hatte er ein Heilmittel erfunden.

Nachdem er diese Medizin auch bei seinem Volk erfolgreich anwandte, wurde er auf das höchste Podest erhoben und als Gott dargestellt und verehrt. Bei dieser Anbetung kam dann auch das erste Mal der Name „der große Manitu" ins Spiel.

Manitu war es dann auch, der von Jahwe ausgesucht wurde eine Überlebensstation zu errichten, die es dem Volk ermöglichte, die bevorstehende Katastrophe zu überleben. Auch hier gab Jahwe zu verstehen, nur von ihm ausgesuchte Männer und Frauen sowie Kinder und eine beträchtliche Anzahl von Tieren seien berechtigt, das Ereignis zu überleben. Das war dann wieder in Jahwes Augen die Strafe, die ihnen zustehen sollte.

Von einem Volk westlich dieses Kontinents, weit draußen vor dem großen Wasser, erzählte uns Jahwe eine andere Geschichte. Dort trieb ein Götterpaar sein Unwesen. Diese beiden hörten auf die Namen Izanagi und Izanami. Das Volk lebte auf mehreren Inseln, die sich im Laufe der Zeit vom Festland gelöst hatten. Wir hatten sie anfangs durch Genmanipulation so verändert, dass sie kleinerer Statur waren und ihre Hautfarbe etwas gelblich erschien.

Izanagi und Izanami haben sich diese Eigenschaft auf ihre Fahne geschrieben. Sie machten dem Volk klar, sie wären auf einem riesigen Regenbogen aus dem Nichts hierhergekommen. Diesen Regenbogen nannten sie Himmelsbrücke und sie offenbarten ihnen, dieses Volk extra aus diesem Grund erschaffen zu haben, weil sie über diese Himmelsbrücke leicht zu ihren Ahnen finden würden.

Dadurch, dass der Regenbogen in den schillerndsten Farben leuchtete, seien sie ausgesucht worden, ihnen die leicht gelbliche Farbe zu geben, denn dadurch würden sie einfacher in die große Halle Gottes aufgenommen werden. Die Farbe Gelb zeuge von natürlicher Reinheit und Unbescholtenheit. Wir konnten uns nur wundern, auf welche unterschiedliche Art und Weise diese eingebildeten Götter sich den Völkern präsentierten.

Nachdem wir weiter nachforschten, stellten wir fest, diese beiden waren nichts anderes als Vierer, die sich gerade anschickten in die Fünfte zu kommen. Anscheinend war ihnen das zu

Kopf gestiegen. Sie wussten genau, was sich hier abspielte, aber auf ihre Art und Weise mussten sie ja das Volk unter ihrer Kontrolle halten.

Seltsamerweise hatten Izanagi und Izanami schon als Dreier zusammengelebt auf einem Planeten namens Zugul. Das war ein Volk im Sternzeichen Hamaguta. Hamaguta bestand aus mehreren Sonnen, die nur durch ihre direkte Nähe zueinander überhaupt existieren konnten. Sollte eine dieser Sonnen ihre Bahn verlassen müssen, würde diese Sternenkonstellation in sich zusammenbrechen.

Auf Hamaguta gab es seltsamerweise immer solche Paare, die meinten, die Welt verändern zu können. Aber erst, nachdem sie die dritte Dimension verlassen hatten, spielten sie diese vermeintlichen Fähigkeiten aus. Hier konnte sie, so meinten sie, keiner mehr daran hindern, ihren Neigungen nachzugehen.

Genauso, wie bei den anderen Völkern auf Terra, mischten Izanagi und Izanami fleißig mit. Sie suchten sich unter den Männern und Frauen die für sie schönsten und reizvollsten aus, um mit ihnen für den Fortbestand ihrer Rasse zu sorgen. Die dort gezeugten Nachkommen waren somit neue Halbgötter und mussten von den normalen Menschen dementsprechend bevorzugt behandelt werden.

Diese Halbgötter nannten sie dann auch Nikokami, was so viel heißen sollte, wie Kinder Gottes. Von Izanagi und Izanami sprachen sie nur ganz ehrfürchtig als Gottheit. Wer sich den Anordnungen dieser beiden oder denen ihrer Kinder widersetzte, musste mit einer Bestrafung rechnen, dass sie Jigoku nannten.

Um dieses Jigoku für alle abschreckend darzustellen, holten Izanagi und Izanami von Zeit zu Zeit Fabelwesen aus der Jigoku hervor. Den Fabelwesen gaben sie den Namen Yokai. Diese Yokai sollten allen so richtig Furcht einjagen.

Die sogenannten Yokai waren nichts anderes als verunglückte Nikokami bei denen durch die Genmanipulation beider, ihre allerdings ersten Versuche mit dem Genom, Verschiebungen im Erbgut auftraten. Es waren dadurch regelrechte Mißbildungen, die aussahen wie Monster.

Diese lebten ausschließlich völlig zurückgezogen und immer unter der Kontrolle von Izanagi und Izanami. Immer, wenn den beiden eine solche Panne passierte, ließen sie es sich nicht anmerken und verbannten diese Missgeburten in die Jigoku.

Unter der Bevölkerung herrschte große Angst, was diese Wesen betraf, wollte doch niemand damit in Verbindung gebracht werden. Man war ein Aussätziger. Jeder wollte doch unübertroffen und einzigartig sein. In der Gesellschaft wurden niedrigere Menschen nicht akzeptiert und gnadenlos bekämpft. Jeder wollte doch unbedingt nach vollbrachter Lebensart den Göttern nacheifern und in den Tengoku kommen.

Auch hier musste Jahwe sich etwas einfallen lassen, denn es sollte ja nicht durch die große Sintflut das gesamte Volk dieser Rasse vernichtet werden. Wieder beschloss er auch hier, wie bei den anderen Völkern, ein verlässliches Paar auszuwählen. In den letzten Jahren hatte sich ein Paar einen großen Namen gemacht und stand dem gesamten Volk mit Rat und Tat zur Seite.

Das Paar wurde von allen geachtet, beide strahlten doch Weisheit, Güte und Gerechtigkeit aus. Das Volk hatte ihnen den Namen „Tenno" gegeben. Und genau diesen Tenno und seine Familie beauftragte Jahwe mit dem Bau eines großen Schreines, der als Überlebensraum während der großen Flut dienen sollte. Es war schon eine interessante Aufgabe, die Jahwe sich selbst auferlegt hatte.

Allerdings standen noch einige Aufgaben dieser Art vor ihm. So erfuhren wir dann auch von ihm, dass der Rat der Götter darauf bedacht war, die gesamte Menschheit zu beschützen.

Eigentlich war uns das klar. Es hatten aber auch genug dieser Götter Kontakt mit den Dreidimensionalen gehabt und sogenannte Halbgötter gezeugt, die zwar von dem Wissen der Vierer, Fünfer und Sechser profitierten, aber selbst noch nicht die Fähigkeiten besaßen, in die übergeordnete vierte Dimension zu gelangen.

Es war der Beschützerinstinkt, der diese Wesen dazu veranlasste auf ihre eigenen Nachkommen aufzupassen. Also war es doch naheliegend von Jahwes Vorhaben zu profitieren. So waren sie auch immer damit einverstanden, wann er bestimmte Familien aussuchte, die als Überlebende und Urväter ihrer Rasse gehalten wurden.

In der Zwischenzeit hatten wir auch von einer Rasse westlich der Gelbhäutigen gehört, die sich durch ihr kantiges und widerstandsfähiges Aussehen hervortaten. Ihnen am nächsten stand ein Wesen aus der Sechsten. Die Götter führten ihn unter dem Namen Tönpa Shenrab Miwoche.

Tönpa stand eigentlich immer im Schatten Jahwes. Als wir Jahwe für unsere Aufgabe begeistert hatten, hatten wir Tönpa auch im Auge gehabt, doch er erschien uns nicht so vertrauensvoll wie Jahwe. Doch Tönpa hatte fast die gleichen Eigenschaften und Fähigkeiten wie Jahwe. Und dieser Jahwe war es auch, der diesen Tönpa zu sich holte und ein Abkommen mit ihm traf.

Er dürfe Jahwe nicht in die Quere kommen, könne aber in dieser Region all seine Fähigkeiten ausprobieren. Überrascht waren wir deshalb, hier wieder von diesem Tönpa gehört zu haben. Wir richteten unsere Hyperwellen nochmal ganz auf ihn, um ihn wieder zu durchleuchten, erfuhren aber nichts Neues. Tönpa war in seinen Augen der eigentliche Herrscher und Gründer des Paradieses hier weit östlich unseres ursprünglich ausgesuchten Garten Eden.

Tönpas Paradies war unter dem Namen Zhang Zhung in seiner Bevölkerung bekannt. Sie nannten es auch ihr „Königreich". Tönpa machte seinen Untertanen klar, dass er die absolute Gewalt und Macht über alles hatte. Als da waren Berge, Wolken, Blitze, Wasser und vieles mehr. Ja, er behauptete sogar die alleinigen Fähigkeiten zu besitzen in die Zukunft zu sehen, um das Volk davon abzuhalten gegen alle Regeln, die natürlich nur Tönpa erließ, zu verstoßen.

Wer nicht nach seiner Pfeife tanzte, wurde gnadenlos dieses Königreiches verwiesen und war von diesem Augenblick an ein Aussätziger, der keinen Schutz mehr genoss. Geschickter Weise hatte Tönpa sich mit einem Heer von Vierern umgeben, die er machen ließ, was sie wollten. Manche umgaben sich mit der animistischen Magie und wiederum andere führten hier den Schamanismus ein.

Aufgrund ihrer Herkunft als Vierer konnten sie Kontakt mit anderen Daseinsformen aufnehmen, beispielsweise mit Tieren und Geistern, die sie für ihre Zwecke manipulierten. Sie wurden somit als „Hohe-Priester" geehrt und heilten Krankheiten, trafen Weissagungen oder erfuhren von neuen Nahrungsquellen. Es ging sogar so weit, dass jeder Berg und jede Ebene ihren eigenen Halbgott besitzt.

Diese Schamanen waren sich untereinander sehr einig, keiner kam dem anderen ins Gehege und keiner spannte dem anderen eine seiner vielen Frauen aus. Diese Vielweiberei führte dazu, dass das Laster sich unter diesem Volk rasend schnell verbreitete und dadurch

Krankheiten auftraten, die einem großen Teil des Volkes zum Verhängnis wurde.

Sie dezimierten sich buchstäblich selbst. Natürlich ließ uns das aufhorchen, hatten wir doch bei der Erschaffung nichts falsch gemacht. Es musste aber mit dem genetischen Code zusammenhängen. Wir drangen in die Gehirne der Geschöpfe ein, und stellten fest, da hatte jemand mit den Genen herumgespielt.

Nach genauer Untersuchung fanden wir dann heraus, ein Wesen aus der Vierten, hatte die ersten Versuche mit der Gentechnik gemacht und bei den schwangeren Frauen diese Technik angewandt, um zu sehen, ob es Erfolg bringen würde.

Dieses Wesen nannte sich Tamba Thoka. Nachdem Tönpa das herausgefunden hatte, was Tamba Thoka mit einem Teil seines Volkes veranstaltet hatte, verbann er diesen und sandte ihn zur Läuterung zu seinen Spielgenossen weiter westlich in ein Land, welches sich Indien nannte.

Hier nahm ihn sein bis dahin bester Freund Trisang auf, der genau das Gegenteil von Tönpa war. Trisang versuchte seine Untertanen mit Liebe und Mitgefühl zu leiten.

Trisang kam aus der gleichen Kaste wie Tönpa. Und weil Jahwe das alles beobachtete, suchte er sich für seinen Auftrag eben diesen Trisang aus, der das Volk nach der Sintflut in eine bessere Zukunft führen sollte.

Unsere Beobachtungen auf Terra wurden immer interessanter im Laufe der Zeit. Doch eins verursachte uns Kopfschmerzen und machte uns stutzig. Als erstes hatten wir Adam und Eva auf Terra erschaffen, dann diese repliziert und auf Thora und Tantra ausgesetzt. Seltsamerweise entwickelten sich die Geschöpfe auf Thora und Tantra auf irgendeine Art schneller weiter, als auf Terra.

Während die Wesen auf Thora sich mit der interstellaren Raumfahrt beschäftigten, andere Planeten erforschten und besiedelten, passierte auf Terra Jahrhunderte lang nichts in der Richtung.

Als wären die Menschen hier in einen apathischen Schlaf geraten. Sie reagierten auch langsamer als die auf Thora und Tantra. Hatten wir vielleicht irgend etwas nicht beachtet bei der Replikation?

Eigentlich war es doch ganz einfach, Wesen zu duplizieren. Was war dann mit den anderen geschehen? Bei denen auf Thora wussten wir durch Jahwe und unsere Nachforschungen, dass dort die Mithilfe einiger Vierer und Fünfer dazu geführt hatte.

Auf Terra tat sich nichts dergleichen. Aber heimlich still und leise hatte sich auf Tantra die Entwicklung seine eigenen Bahnen gesucht. Wir mussten etwas übersehen haben, denn diese wurden anscheinend mit dem Teil ihres Gehirns besser fertig, als alle anderen. Während bei den Menschen nur ein Teil ihres Gehirns aktiviert wurde, geschah das auf Tantra auf eine andere Art und Weise.

Für die normale Kommunikation benötigten sie genau die gleiche Hälfte ihres Gehirns, während sie den anderen Teil, den weitaus größeren Teil dazu benutzten, sich mit Übersinnlichem zu beschäftigen. So haben sie dann auch entdeckt, wie sie entmaterialisieren und wieder materialisieren können. Allerdings bringen sie es fertig, nicht nur Gegenstände plötzlich verschwinden zu lassen und zurückzuholen, sondern sie können sich selbst in diesen Zustand versetzen.

Auch haben sie es verstanden zu teleportieren. So war es auch nicht verwunderlich, dass sie nach Terra teleportierten. Warum gerade nach

Terra, versuchten wir herauszubekommen, hatten wir doch zu Anfang unseres Experiments gemeint, diese 3 Planeten waren voneinander so weit entfernt, sie könnten keinen Kontakt aufnehmen.

Doch mit der Raffinesse dieser Tantraner konnten wir nicht rechnen. Sie schafften es sogar aus den Informationen, die ihre Gehirne gespeichert hatten, Wissen über ihre Vorfahren herauszufiltern, und woher sie kamen.

Da dauerte es auch nicht lange und sie erfuhren, dass sie nur Replikanten waren. Sie versuchten einfach ihr Gehirn in eine Art Koma fallen zu lassen. In Sekundenbruchteilen wurde dadurch die Aktivität des Stirnhirns heruntergefahren und das Bewusstsein erlosch.

Der knappe Sauerstoff diente jetzt nur noch dazu, das Hirngewebe zu retten. Doch genau das wollten sie erreichen, denn dadurch wurden neue Impulse im Stirnhirn aktiviert, das ihnen die Fähigkeiten gab, zu entmaterialisieren.

Sie hatten dadurch das erreicht, wo andere nur von zu träumen wagten. Sie lösten sich auf, um an anderer Stelle wieder zu entstehen. Für uns eine faszinierende Beobachtung. Nichts anderes geschah mit den Vierern und Fünfern, die immer wieder hin und her sprangen, aus der Vierten in die Dritte usw.

Von den normalen Terranern erfuhren wir, dass sie so etwas wie den sechsten Sinn hatten. Sie konnten Dinge voraussehen, die später wirklich eintrafen, doch wie, konnten sie sich nicht erklären.

Auf Tantra wussten die Lebewesen genau, dass diese Gabe versteckt in der Zirbeldrüse im Gehirn war. Sie hatten somit ein drittes Auge. Dieses verhalf ihnen bei geschlossenen Augen doch zu sehen. So konnten sie sich auch an andere Orte teleportieren, die sie mit Hilfe der Zirbeldrüse während der Entmaterialisierung bestimmen konnten.

Sie hatten somit einfach die geheime Intelligenz in ihrem Gehirn entdeckt. Alpha- und Betawellen wurden langsamer und formten sich zu Deltawellen.

Das Unterbewusstsein schaltet einfach das Bewusstsein ab und schon kann es ungestört arbeiten. Nur durch diesen Befehl war es möglich, sich zu materialisieren. Es war für uns einfach überraschend zu sehen, welche Genialität die von uns geschaffenen Wesen entwikkelten. Wir hatten es doch richtig gemacht, dass wir diesen Planeten Leben gegeben hatten. Manchmal waren es die Wesen aus der Vierten, Fünften oder Sechsten, die den Menschen halfen. Doch einige, wie hier auf Tantra, hatten es allein geschafft.

Ein erfolgreich gutes Erlebnis für uns. Sie konnten sich selbst in eine Hypnose versetzen, also in Trance, um zu erfahren, was Hunderte von Jahren vor ihrer Zeit mit ihren Vorfahren geschah. Nur so erfuhren sie auch von Terra und Thora.

Das war nicht geplant. Doch was sollten wir machen? Nur beobachten und wundern? Die Tantraner hatten von ihrer Technik gelernt. Sie sahen ihr Gehirn als einen riesigen Speicher an. Sie speicherten alles in der Großhirnrinde.

Hier konnten sie jederzeit wieder darauf zurückgreifen. Alle Erbinformationen waren dort gespeichert. Bis zum heutigen Zeitpunkt stellten wir fest, es konnten nur die Tantraner mit dieser Errungenschaft umgehen.

So lernten sie von ihren Vorfahren, was den anderen Geschöpfen verborgen blieb, und hatten dadurch auch keine Schwierigkeiten, die

Sprachen zu sprechen, die im Laufe der Jahre sich so geändert hatten, als wäre eine neue Sprache entstanden.

Sie versuchten sogar über die Reinkarnation etwas zu erfahren. Wir hätten sie darüber aufklären können, doch sie sollten selbst herausfinden, wer sie erschaffen hatte. Durch die Fähigkeit, ihre Zwirbeldrüse gekonnt einzusetzen, schafften sie es auch mit geschlossenen Augen ihre Umgebung zu sehen oder genauer gesagt, zu erahnen, und sich dementsprechend zu verhalten.

Mit diesen enormen Fähigkeiten hatten sie weitaus schneller Kontakt aufnehmen können mit den Wesen der Vierten und Fünften.

Sie kamen dadurch in eine Zwischenwelt, die sie Nirwana nannten. Sie wussten genau, was die vierte Dimension bedeutete, sahen aber keine Möglichkeit in diese überzuwechseln. So begnügten sie sich mit dem Nirwana und hatten hier unbegrenzten Zugang zu den sogenannten Göttern, Dämonen oder Nymphen, die diese sagenhaften Gestalten darstellten.

Die Thoraner erschufen so das so wichtige Buch „Veda". In diesem Buch legten sie ihre Schöpfungsgeschichte nieder.

Das „Veda" beinhaltete die zahlreichen Mythen der hier lebenden Götter, wie Indra, Agni, Varuna und Rudra.

Diese Götter, oder besser gesagt, diese Vierer und Fünfer waren von sich so eingenommen, dass sie den Tantranern klar machten, sie seien die eigentlichen Gründer dieses Volkes. Indra spielte sich auf Tantra als der Mächtigste unter den Göttern auf. Er hatte ihnen die Kraft, die Nahrung und das Wasser geschenkt. Er war auch der Herrscher über die Dämonen.

Damit sie ihm das auch abnahmen, tötete er den mächtigen Dämon Namuci. Dabei war der Gott Agni ein sogenannter Götterbote. Agni verstand es einmalig zwischen den einzelnen Tantranern und den Göttern zu vermitteln. Agni war der Beschützer und Freund der Tantraner. Er war der Hüter und Schirmherr dieser Gemeinschaft. Ihm konnten sie vertrauen.

In der Zwischenzeit machte sich aus der Fünften Varuna bemerkbar. Varuna hatte es sich zur Aufgabe gemacht, die Gesetze, nach denen die Tantraner lebten, zu überwachen und zu regeln.

Wir stellten nämlich immer wieder fest, egal bei welchem Volk auch, dass diese Tantraner nach bestimmten Regeln leben mussten, wenn nicht, würde alles in einem Chaos enden. Und eben dieser Varuna wurde als 1. Anführer über die Tantraner betrachtet.

Dann hatten sie auch noch Rudra zu verkraften. Er war im Unterschied zu Indra, Agni und Varuna ein düsterer und finsterer Bursche. Rudra vollbrachte wahrlich keine Ruhmestaten, jedoch sorgte er auf seine Art, dass die Bestrafungen durch Varuna auch umgesetzt wurden.

Ein Menschenleben war für Rudra nichts wert. Er tötete nach Belieben. So, wie es ihm gerade gefiel. Wir konnten nicht verstehen, wie dieser Ruda es geschafft hatte, von einem Dreier zum Vierer und weiter zum Fünfer zu werden.

Aber im Laufe der Zeit hatten diese Vierer und Fünfer unter den Tantranern für so viel Nachwuchs gesorgt, alles aber nur Halbgötter, dass sie auch ihre eigene Welt benötigten. Es waren mittlerweile 33.333, doch davon waren wieder nur 3 Hauptgötter, die alles für sich beanspruchten.

Diese 3 konnten sich in 10 verschiedene Körper versetzen. Vischne besaß die Fähigkeit, sich gleichzeitig in einen Fisch, eine Schildkröte, einen Eber, einen Löwen und einen Zwerg zu verwandeln. Der Nachteil war, so wie er sich in ein Tier verwandelte, musste er seine eigene Identität aufgeben und war eben nur noch ein verwandeltes Tier, bis auf weiteres. Durch seine Fähigkeit, der Inkarnation, musste er vorher einen genauen Zeitpunkt ausrechnen, wann er wieder er selbst werden wollte, sonst blieb er für immer ein Tier.

Dieses Hin und Her sollte unter den Tantranern nur dafür sorgen, dass alle ihm hörig waren. Vishnu wollte die absolute Herrschaft über diese Tantraner erreichen.

Aber, er hatte einfach nicht mit deren Super-Intelligenz gerechnet. Dadurch, dass ihr Gehirn so weit entwickelt war, sind sie ihm auf die Schliche gekommen, und hatten ihn durchschaut. Also funktionierte das so nicht. Er musste sich schon auf seinen Mitstreiter Krishna verlassen.

Dieser Krishna kam auch ursprünglich von Tantra, aber aus einer Gegend, die wir für Wesen mit einer dunklen Hautfarbe vorgesehen hatten. Durch einen Hypersprung war er in die Vierte gelangt und als Gott unter den Göttern anerkannt. Dieser Krishna hatte es sich hier zur Aufgabe gemacht, allen jungen, hübschen

Mädchen ein Kind zu machen. Wo ihm die Gelegenheit geboten wurde, griff er zu, und schaffte es mittlerweile auf eine sehr hohe Nachkommenschaft.

Durch eine Fehlinterpretation der Gene hatten seltsamerweise alle seine Nachkommen eine etwas hellere Hautfarbe, und die weiblichen davon auf der Stirn einen roten Punkt. Darüber wunderten wir uns nicht, hatten wir doch schon früher, als wir noch Vierer und Fünfer waren, Kontakt mit einer Spezies weit entfernt in der Galaxie Ayodbua.

Dort gab es einen Palast und auf dessen Thron saß eine Herrscherin, die alle ihre Untertanen mit einem roten Punkt auf der Stirn bestrafte, die ihr nicht wohlgesonnen waren.

Irgendwer hatte es dann später fertiggebracht sich dieser Herrscherin zu entziehen und gelangte auf den Planeten Tantra. So kam es dann auch zu diesem Krishna. Das Volk der Tantraner verrottete immer mehr im Laufe der Zeit, sodass sich Jahwe eine Familie aussuchte, die als Überlebende die große Sintflut überstehen sollten.

Er entschied sich für Parwati und Shiva, die ihm am anständigsten vorkamen. Diese bauten dann auch hier eine Überlebenshülle, in der, wie auf den anderen Kontinenten auch, einige die Sintflut überlebten, um für den Erhalt dieser Spezies zu sorgen.

Wiederum berichtete uns Jahwe von einer anderen Schöpfungsgeschichte, die sich dort ereignete, wo wir bei der Erschaffung neuen Lebens auf Terra durch die Manipulation der Gene, solche Menschen erschaffen hatten, die von der Statur her größer, kräftiger und mit einer blaßhellen Hautfarbe versehen waren.

Es war so ziemlich der nördlichste Teil von Eurasien. Wir statteten sie mit einem klaren Blick aus, bekannt durch die hellblauen Augen und blonden Haare.

Diese Terraner lebten hier in einer recht rauhen Gegend, die durch immer wechselnde Gezeiten, mal Sonne, mal Regen sowie teilweise Eis und Schnee, allem ausgesetzt waren. Seit der Schöpfung dieser Wesen waren viele Jahre vergangen und sie haben sich schnell vermehrt.

Wie das bei allen Völkern so üblich war, teilten sich die hier lebenden Wesen in mehrere Splittergruppen auf. Daraus entstanden immer wieder eigenständige Volksgruppen, die sich mit der Zeit untereinander zerstritten und so verkrachten, sodass sie sogar Kriege miteinander führten.

Ein Halbgott unter ihnen beanspruchte für sich, der Gründer dieser Terraner zu sein. Sein Name im Rat der Götter war Ymir. Woher Ymir genau kam, wollte ich gar nicht so genau wissen. Ilja gab mir so nebenbei zu verstehen, dass Ymir ein Fünfer war und er schon viel von ihm gehört hatte.

Als er noch dreidimensional war, kam er immer wieder mit seinen Mitmenschen in Konflikt, denn er fühlte sich zu etwas Höherem berufen. Sein IQ war überdurchschnittlich hoch, und das meinte er ausnutzen zu können.

Nachdem wir das festgestellt hatten, wollten wir doch Genaueres über ihn in Erfahrung bringen. Ymir stammte aus einer Verbindung von Yama und Yami. Diese beiden waren Zwillinge und Yami gebar dann auch Ymir.

Weil die Verbindung zwischen Zwillingen mit den Richtlinien nicht vereinbar war, wurde Yama von Tuisto, dem göttlichen Stammvater der Volksgruppe der Germanen, getötet und in die Unterwelt geschickt. So ließ Tuisto das allen Dreiern wissen.

Yami musste Ymir dann allein großziehen. Ein Problem tauchte plötzlich auf, womit wirklich niemand gerechnet hatte. Tuisto kam ja auch aus der Fünften und hatte durch Manipulation mit dem genetischen Code an dem neugeborenen Ymir herumgepfuscht.

Er machte allen Menschen klar, was entstehen sollte, wenn weiterhin Unzucht in den Familien herrschen würde. Durch seine Manipulation wuchs Ymir überdimensional schnell. Er wurde zu einem Riesen.

Ymir hatte sich eine Halbgöttin aus einer anderen Welt zur Frau genommen und zusammen wachten sie über diese Völkergruppe der Germanen. Es stellte sich heraus, dass diese Halbgöttin aus dem Geschlecht der Atlanter kam und den Namen Bestla hatte. Mit dieser Bestla zeugte Ymir drei Söhne, als da waren, Odin, Vili und Ve. Alle drei hatten von den Atlantern die gleichen Gene mitbekommen, von Ymir hatten sie allerdings fast nichts, nur seine Größe.

Ymir war eher friedlich geworden im Laufe der Zeit, doch seine Söhne waren richtige Streithammel und fingen mit jedem, der sich ihnen in den Weg stellte, Krieg an. Mit der Zeit ging es hier zu wie auf einem Kriegsschauplatz.

Es ging drunter und drüber. Sie erschlugen nach und nach die ganze Familie, weil niemand es mit diesen Riesen aufnehmen konnte.

Erst Ymir, dann Bestla. Nur die Verwandten Bergelmir und seine Gemahlin verschonten sie. Diese waren es dann auch, die sich auf ein riesiges Boot retten konnten, und standen von nun an unter der Obhut Jahwes. Hier sorgten diese beiden für den Fortbestand des Volkes, in dem sie auf diesem Boot der großen Sintflut trotzen konnten.

Allerdings die Gene, die sie von den Gründern Ymir und Bestla mitbekommen hatten, waren viel stärker als sie gedacht hatten. So kam es dann auch, dass sich die Nachkommen an die schlimmen Tage ihrer Vorfahren erinnerten und in die gleichen Fußstapfen traten wie Odin, Vile und Ve.

Sie waren leider nicht friedlich und holten sich aus einem anderen Gebiet von Terra kleinere Bewohner, die ihnen nicht soviel entgegensetzen konnten. Sie paarten sich mit diesen und aus deren Nachkommen entstanden wieder Wesen, die auf der einen Seite den Kriegern von Atlantis gleichkamen, aber auf der anderen Seite wie abgebrochene Riesen aussahen. Unheimlich brutal und kraftstrotzend.

Jahwe hatte sich auch hier für ein spezielles Paar entschieden, dass den Fortbestand sichern sollte.

Bergelmir und seine treue Gemahlin Embla bauten dann schließlich aus einem der Riesenbäume eine Art Arche, die ausreichte, seine gesamte Sippe über die Sintflut hinaus zu retten. Nach der großen Flut sorgten diese beiden dafür, dass das große Geschlecht der Reifriesen den fast gesamten nördlichen Teil dieser Terragegend über Jahrhunderte hinaus überaus erfolgreich bevölkerte.

Damit hatte Jahwe wieder einmal bewiesen, wie schlau und vernünftig er war als er diese weisen Entscheidungen traf, nicht alle Terraner dafür zu bestrafen, dass sie verkommen waren. Jahwe hatte noch Hoffnung, Terra würde nicht in einem totalen Chaos enden.

Irgendeine Begebenheit machte uns plötzlich auf die Vereinigung der Götter aufmerksam. Es war eine große Unruhe im Universum zu spüren. Es waren zwar alle Wesen, angefangen von der Vierten bis hin zur siebten Dimension, die die Unruhe versprühten, sie aber geheim halten wollten, und doch konnten wir ihre Hyperwellen empfangen, aus denen wir herausfiltern konnten, dass sie unruhig wurden.

Alle sprachen von einer Auflösung. Erst wussten wir nicht, was sie damit meinten, aber nachdem wir weiter in sie eindrangen, wurde uns klar, diese Auflösung hatte mit dem plötzlichen Verschwinden einiger aus ihrer Mitte zu tun. Normalerweise hätten wir das schon früher gemerkt, doch einige aus der Vierten und Fünften existierten auf einmal nicht mehr. Nur das wussten diese Wesen nicht.

Nachforschungen ergaben, dass nur Ilja und ich darüber Bescheid wussten. Die Vereinigung der Götter war überzeugt, sie seien für die Ewigkeit unsterblich. Das war ein großer Irrglaube. Denn manchmal gab es einige aus ihren Reihen, die wirklich einfach nicht mehr existierten. Das war die berühmte Auflösung, vor der alle großen Respekt hatten.

So gab es eine Abteilung der Götter, die sich im griechischen und ägyptischen Teil Terras breitgemacht hatten, gar nicht weit von dem Garten Eden, den wir für dieses Experiment ausgesucht hatten. Es gab einen richtigen Götterkult unter den griechischen und ägyptischen Göttern.

Der, der sich am meisten hervortat, war der Sonnengott Re. Von den Terranern wurden nicht nur die Götter verehrt und angebetet, sondern auch die Mischwesen und Halbgötter, ja sogar einige Tiere.

Auch diese Mischwesen konnten sich durch den genetischen Code so verändern, dass sie manchmal Mensch und ein anderes Mal Tier waren. Es machte ihnen anscheinend große Freude, die Terraner dadurch zu verwirren. Dieses bunte Treiben beobachteten wir mit Verwunderung. Was hatte diese Götter dazu getrieben, sich so aufzuführen? War es reiner Selbsterhaltungstrieb?

Wieso bekamen die Vierer bis Sechser es plötzlich mit der Angst zu tun? Seitdem sie in einer anderen Dimension waren, glaubten sie unsterblich zu sein. Es muß für sie ein erhebendes Gefühl gewesen sein. Und jetzt alles anders? Wir versuchten in ihre Gedanken einzudringen, sie aber blockierten sie und wollten es nicht zulassen.

Aber dieser Supergott Re war anscheinend nicht so vorsichtig. Ihn konnten wir ein wenig ausspionieren. So erfuhren wir von ihm, dass er sich an die Spitze der griechischen und ägyptischen Götter gesetzt hatte. Er bildete sich ein, der Vater der Erhabenen zu sein. Erhabener deshalb, weil alle dieser Art, die er kannte, sich als auserkoren aufführten und es die Untertanen spüren ließen. Er ließ sich auch von den Terranern extra einen riesigen Tempel bauen, den sie alle respektvoll den Sonnentempel oder „Haus der Sonne" nannten.

Dieser wurde dementsprechend auch in der Sonnenstadt Heliopolis in Unterägypten errichtet. Sonnenstadt deswegen, weil hier fast nie die Sonne verschwand. Re hatte den Ägyptern klargemacht, dass er der Schöpfer dieser Rasse war.

Die ersten Menschen in seinem Paradies nannte er Schu und Tefnut. Diese beiden zeugten zwei Söhne, die sie Osiris und Seth nannten. Und genau dieser Osiris wurde von seinem feindlich gesinnten Bruder Seth ermordet.

Es war wieder einmal faszinierend, wie doch unsere Genmanipulation funktionierte. Bei allen von uns erschaffenen Wesen traten fast die gleichen Symptome auf. Für Ilja und mich waren es schon interessante Gleichungen. Ob im Süden vom Garten Eden, sowie im Osten, Norden und Westen, gab es aller Voraussicht nach, auch im Laufe der Jahre, die gleichen Ereignisse.

Überall traten bestimmte Wesen hervor, die sich auf einen besonderen Teil der Terraner konzentrierten, sie sich zu Untertanen machten, und ihnen von ihrer Schöpfungsgeschichte erzählten.

Da die Terraner ja nichts anderes kannten, glaubten sie diesen Göttern bedingungslos alles, was sie ihnen vorgaukelten. Sie bauten überall Herrscherdynastien auf, die dementsprechend ihre Gottheiten hatten und verehrt werden wollten. Was uns allerdings immer wieder faszinierte, alle Gruppierungen der Terraner glaubten, wie auch immer, an ein übergeordnetes Wesen, dass sie Gott nannten.

Diesen Glauben machten sich die Vierer und Fünfer zu eigen und weiteten damit ihre Macht über die Terraner aus. Sie hatten sogar in ihren Herrscherdynastien der sogenannten Götter eine bestimmte Reihenfolge. Es war nicht so, dass die von der sechsten Dimension automatisch denen der Fünften oder Vierten übergeordnet waren. Im Gegenteil, es gab oft Wesen aus der Vierten, die mehr zu sagen hatten als alle anderen.

Seltsamerweise wurden sie aber auch von den anderen akzeptiert. Da gab es z. B. den Schöpfergott Tore, der bei den Pygmäen im afrikanischen Teil verehrt wurde, und bei der Vereinigung der Götter hohes Ansehen genoss.

Auch Sedna, den die Eskimos, also die Terraner verehrten, die am nördlichen Pol in der Eisgegend lebten, genossen volle Anerkennung. Bei den Ägyptern wurde Horus hoch verehrt. Horus kam aus der Vierten und schickte sich an in die Fünfte überzusiedeln. Er hatte es sich zur Aufgabe gemacht, zwischen den einzelnen Dimensionen zu vermitteln, denn er wollte so schnell wie möglich in die Fünfte.

Dabei hatte er sich umso mehr um Jahwe bemüht, ihm zur Seite zu stehen und zu helfen. Aber wie sollte Jahwe das anstellen? Ihm war es nicht vergönnt, so etwas zu erfüllen. Über die Griechen wachte wiederum ein anderer Gott. Er war allgemein bekannt unter dem Namen Zeus. Dass Zeus aus einer viel höheren Dimension stammte, wussten die Wenigsten. Er war im Rat der Götter bekannt als der Gottvater. Von ihm sollten wir im Laufe der Zeit noch so einiges erfahren.

Für uns war aber auch interessant, dass nur Jahwe von unserer Existenz wusste. Unsere Abschirmungen hatten bis zu diesem Zeitpunkt richtigen Erfolg gehabt. Nur das Wesen, von dem wir nur ahnten, und manchmal glaubten, es würde uns manipulieren, wusste genauestens über uns Bescheid.

Wir versuchten einige Male mit ihm in Kontakt zu treten, doch bisher ließ er es nicht zu. Nur Ilja war es vergönnt, durch seine Art, sich in andere Götter zu versetzen, Kontakt mit ihm zu haben. Ob er das wusste und akzeptierte, blieb uns bisher verborgen. Anscheinend aber war dieser Typ über uns wirklich unsterblich.

Alle Wesen hatten den größten Respekt vor seinen Entscheidungen. Manchmal drangen wir in ihr Innerstes ein und konnten richtige Angst verspüren, er würde sie demnächst eliminieren. Jedoch glaubten wir, er würde das nie machen. Wenn er das wollte, hätte er im Laufe der Zeit genug Möglichkeiten gehabt, dieses zu vollenden. Aber wir sollten wohl alle nur in dem Glauben bleiben.

Die Vereinigung der Götter übernahm dann auch automatisch die Führung der Rassen. Auf unser beider Heimatplaneten war diese Entwicklung genauso zu sehen, sowohl auf Iljas und meinem, doch wir hatten nicht damit gerechnet, wenn wir mit dem genetischen Code experimentieren, dass es hier zu den gleichen Ergebnissen kommen würde.

Und was wir bis zu diesem Zeitpunkt noch nicht ahnen konnten, der genetische Code lebte. Einfach unvorstellbar. Das sollte uns in den folgenden Jahrhunderten noch vor Probleme stellen. Dadurch, dass wir in die Zukunft reisen konnten oder nur blickten, hätte es uns sofort auffallen müssen. Aber anscheinend waren wir aus der Siebten noch nicht vollkommen. So ging das normale Leben auf Terra wieder seinen gewohnten Gang.

Die Menschen der einzelnen Rassen vermehrten sich weiter, sie zogen umher, lernten andere Rassen kennen und vermischten sich weiter. Eigentlich begann der gleiche Kreislauf wie vor der großen Flut. Und doch war etwas anders. In ihrem Unterbewusstsein hatte sich doch bei diesen Überlebenden anscheinend etwas verändert.

In der letzten Zeit fiel uns immer wieder auf, dass Jahwe sich mit seinen Meldungen an uns zurückhielt. Wir konnten das nicht so recht einschätzen. Gemeinsam versuchten wir in ihn vorzudringen, doch mittlerweile wusste Jahwe genau, wie er uns abschotten konnte. Erstaunlich war, dass ihm das in so kurzer Zeit gelungen war. Oder hatte ihm dabei jemand geholfen?

Es gab so viele Wesen aus der Vierten, Fünften und Sechsten, die über Fähigkeiten verfügten, die selbst wir noch nicht kannten. Es war nicht so, dass diese Wesen nur aus einem Sonnensystem stammten, nein es war eine Häufung aus dem gesamten Universum. Folglich hatten sie, als sie noch alle dreidimensional waren, andere Voraussetzungen als wir.

Gehört hatten es wohl mittlerweile alle Terraner, dass es die Vereinigung der Götter gab. Hier waren alle Wesen vereint, angefangen von Poseidon, Jahwe usw. Es war uns allerdings noch nicht gelungen, das übergeordnete Wesen zu lokalisieren, von dem Jahwe wohl seine Befehle entgegennahm. Ilja kam auf die rettende Idee. Er wollte sich duplizieren, um dann als ein anderer in die Vereinigung der Götter einzutreten und um so an den großen Unbekannten heranzukommen.

Ich sollte mich zurückhalten und von meiner Warte aus alles beobachten. In Verbindung bleiben, war für uns beide kein Problem, denn unsere Hyperwellen hatten wir mittlerweile so verfeinert, sodass sie von keinem der anderen lokalisiert, geschweige denn entschlüsselt werden konnten. Für dieses Experiment nannte Ilja sich jetzt Elia und machte durch einige wundersame Taten auf sich aufmerksam.

Was bisher noch kein Wesen der anderen Dimensionen fertigbrachte, war für Elia nur ein

Spiel. In seiner Jugend, auf seinem Heimatplaneten, überraschte er schon immer seine Eltern und Lehrer mit solchen Experimenten. Elia konnte tote Tiere wieder zum Leben erwecken, wann und wie er wollte. Schon früh verstand er mehr als alle anderen vom genetischen Code und seinen Auswirkungen auf das Wesen. Mit geschickten Manipulationen verblüffte er alle.

Dieses Beherrschen sollte ihm nun hier von großem Nutzen sein. So trat er dann auch als der große Wunderheiler auf. Elia heilte mal hier und mal dort einige kranke Terraner wieder. Allerdings hatte Elia sich vorher bestens darüber informiert, ob es Sinn hatte, diese Kranken zu heilen. Auf keinen Fall sollten Terraner den Eindruck haben, er, Elia, würde nur die Reichen und deren Gefolge bevorzugen.

Auch solche Menschen, die von Ihren Vorfahren her sowieso aus einer Verbindung mit den Göttern stammten, ließ er außer Acht. Mit den Machthabern, die sich selbst zu Fürsten und Herrschern ernannten, wollte Elia auch nichts zu tun haben. Seiner Gesinnung folgend, beschäftigte er sich dann hauptsächlich mit den Armen und Bedürftigen, denn das brachte ihm unter den Menschen den Namen der „Wunderheiler" ein.

Es war für Elia sehr wichtig als einer der Guten dazustehen. Nur so konnte er sich allmählich einen Namen unter den Göttern verschaffen. Erst einmal sollten sie alle auf ihn aufmerksam werden. Was er nun dadurch im Schilde führte, sollten sie nie erfahren. Langsam, aber sicher wirkten seine Taten unter den Terranern auf die Wesen aus den anderen Dimensionen. Hier merkte Elia auch, wie viel Einfluss Jahwe auf die sogenannten Götter hatte.

Sie hatten Jahwe als ihren Sprecher ausgesucht, um mit ihm ein Bündnis einzugehen. Jetzt traten sie an Elia heran, mit der Bitte, doch mit ihnen zu gehen auf dem Weg zum Rat der Götter. Genau das sollte ja eintreten, so hatte Ilja es gewollt. Ilja, alias Elia, ließ sich nicht lange bitten, und so bekam er Zutritt zur großen Versammlung der Götter.

Es verschlug ihm fast die Sprache, wer hier alles anwesend war. Sogar alle Herrscher aus dem Reich Atlantis traf er hier. Gott sei Dank hatte keiner eine Ahnung von seinem doppelten Spiel. Nachdem ihn alle akzeptiert hatten, lernte Elia endlich auch den „Obersten" dieser Götter kennen, über den er und ich bisher nur Vermutungen anstellen konnten.
Die Götter nannten ihn untereinander nur den „Göttervater".

Es war kein anderer als der, der Jahwe den Auftrag gegeben hatte, einen Sohn auf Terra auftauchen zu lassen, der alles auf Terra auf den Kopf stellen sollte. Von vielen wurde Gottvater einfach mit dem Namen Zeus angesprochen.

Zeus war also der große Unbekannte. Jetzt wussten wir endlich, mit wem wir es zu tun hatten. Wir hatten schon durch eine Zeitreise von diesem Zeus gehört, uns allerdings nichts dabei gedacht. Warum auch? Er war einfach existent.

Selbst Zeus war nicht in der Lage unsere Hyperwellen zu durchdringen. So hatten wir wenigstens von diesem Wesen aus der Achten nichts zu befürchten. Was Ilja da so trieb mit seinem Doppelspiel war schon erstaunlich. Von einem Augenblick zum anderen schlüpfte er in die Rolle des Elia. Was hatte Ilja noch so alles drauf? Wundern würde mich nicht, wenn er noch weitere Rollen spielen wollte.

Aber zurück zu Zeus. Dieser Bursche aus der Achten war ganz schön gerissen. Hatte er sich doch bisher nicht in unser Experiment eingemischt. Er hatte uns machen lassen, was wir wollten. So geschickt, dass wir das nicht einmal bemerkten. Nur Jahwe hatte sich verraten.

Wenn ich genau darüber nachdenke, muss Zeus unser Vorhaben mit dem Experiment doch schon lange gewusst oder beobachtet haben. Wieso mischte er sich erst jetzt ein, wo wir doch die Terraner erschaffen hatten?

Hatte Zeus vielleicht so etwas Ähnliches schon in Universen auf anderen Planeten erlebt? Er hätte doch auch das alles verhindern können, wenn er nicht damit einverstanden war. Wir versuchten, das zu ergründen, indem wir noch weiter zurück gingen, über den Zeitpunkt hinaus, wo Ilja und ich aufeinandertrafen. Aber es war nichts da, was wir feststellen konnten. Einfach eine Leere.

So, als war nichts, und würde auch nichts in Zukunft sein. Und doch hatten wir das Gefühl, es wäre etwas. Schon sonderbar. Von Jahwe erfuhren wir dann auch, dass sich weit draußen im Universum etwas zusammenbraute. Er hatte von Zeus den Auftrag bekommen, und nicht wie wir vorher annahmen, es sei seine Entscheidung die Menschheit zu bestrafen, einen Teil der Terraner vor der großen Katastrophe zu bewahren.

Er suchte sich nicht nur Noach als unbescholtenen Bürger heraus, sondern forschte auch bei den restlichen Völkern nach.

Nachdem die Erdmassen nach dem Aufprall auseinander gedriftet waren, und die Terraner den entsprechenden Erdteilen Namen gaben, waren es auch in Südamerika die Mayas, in Nordamerika die Indianer, in Asien die Mongolen und Hunnen, in Australien die Aborigines, in Afrika die Schwarzen, in Eurasien die Wikinger, die von Jahwe ausgewählt wurden und den Auftrag bekamen, jeweils für ihr Volk eine wetterfeste Unterkunft zu bauen, die den gleichen Bedingungen entsprach, wie die von Noach, damit der Bestand der unterschiedlichsten Terraner nicht völlig ausgelöscht wurde.

Für uns war es immer wieder faszinierend zu beobachten, wie die verschiedenen Terraner sich im Laufe der Jahrhunderte entwickelt hatten. Deshalb war es schon sehr wichtig, diese besondere Art für die Zukunft zu erhalten. Aus diesem Grunde gestatteten wir auch Jahwe, mit den entsprechenden Führern der einzelnen Volksgruppen, eine Einigung zu treffen, wer für diese Überlebensaufgabe ausgewählt werden sollte.

Alle konnten der Katastrophe nicht entkommen, doch der Bestand der gesamten Menschheit durfte so einfach nicht zunichtegemacht werden. Damit hatten wir Jahwe eine große Aufgabe übertragen.

Uns blieb nun nichts anderes übrig, zu beobachten, wie er dieser Aufgabe gerecht werden würde.

Dieser Kometeneinschlag erreichte Terra ziemlich genau am 5. Juni 8498 vor der Zeitrechnung. Er hinterließ einen Krater im Meeresboden, genau im mittleren Teil des amerikanischen Kontinents, fast in Höhe des Äquators, und hatte mindestens eine Ausdehnung von ca. 10 km Breite und besaß die Kraft von ca. 30 000 Tonnen Nitroglyzerin.

Die Wassermassen füllten diesen Krater blitzschnell, sodass die radioaktiven Strahlen, die der Komet mit sich führte, keinen Einfluss auf die Gegend von Terra hatten und keinerlei Schäden hinterließen. Allerdings berstete der amerikanische Kontinent an dieser Stelle auseinander und es entstand so eine Art Binnensee, der hinterher als Golf bezeichnet wurde. Es entstanden riesige Flutwellen, die vor allen Dingen die Atlanter trafen, und über ihr Land die größte Katastrophe hereinbrach.

Als das unaufhaltsame Unheil nahte, wurde gleich das gesamte Reich Atlantis zerstört. Die Wassermassen begruben Atlantis vollständig unter sich. Nichts von dieser Hochkultur blieb erhalten. Gott sei Dank hatten sie diese Katastrophe vorhersehen können. Mit ihren technischen Möglichkeiten konnten alle Atlanter frühzeitig auf ihren Heimatplaneten zurückkehren.

Es war schon eine so außergewaltige Flucht, die ihresgleichen suchte. Ca. 40 Millionen Atlanter verließen in einer Nacht- und Nebelaktion Atlantis. Der größte Teil konnte mit den intergalaktischen Raumtransportern entkommen. Der Rest und die Führungskaste teleportierten einfach.

Diese Art der Reisen war nur den Wesen der Führungskaste und deren Anhang vorbehalten. Allerdings von den Palästen und Gärten, sowie Fahrzeugen und Schiffen usw. konnte nichts gerettet werden.

Jenes Atlantis versank unwiederbringlich in den Fluten und wurde vernichtet. Deshalb blieb auch von diesem riesigen Reich für die Nachwelt kein Hinweis übrig. Nur aus den Überlieferungen der Geretteten konnte man erfahren, wie groß und mächtig Atlantis mit seiner Streitmacht war.

Die Mayas berichteten immer von einem besonders großen Reich östlich von ihnen, dass in Glanz und Glorie gelebt hatte, aber untergegangen war. Mit diesem Ereignis begann für die Mayas ihre eigene Kalenderrechnung. Während die Griechen von dem Land der Götter sprachen, in dem Poseidon der Herrscher über alles gewesen war.

Wir hatten wieder einmal einen Ausflug in die Zukunft gemacht und gesehen, dass Atlantis total im großen Meer versunken war. Worüber wir uns nur wunderten, war, warum die Atlanter mit ihren Möglichkeiten nicht wieder nach Terra zurückkamen, sondern auf Thora blieben.

Es wäre doch für sie eine Kleinigkeit gewesen, wieder auf Terra Fuß zu fassen. Selbst Jahwe konnte uns darauf keine Antwort geben. Er hatte genug mit den zu Rettenden und Überlebenden Terranern zu tun. Weil er von jedem Volk nur einen Teil retten konnte, wurde er, je nach Veranlagung, zum größten Helden aller Zeiten.

Bei den Israeliten hieß er Jahwe, bei den Indianern Manitu, bei den Mayas und Inkas Xipe Totec, bei den Reifriesen in Nordeuropa war es Ymir, bei dem von den Nachkommen der Tantraner beherrschten Volk der Inder hieß er Indra, im großen östlichen chinesischen Reich nannten sie ihn Tönpa und im japanischen Inselreich gab es gleich zwei, die sich Izanagi und Izanami nannten.

Als die große Flut dann endlich nach 40 Tagen vorbei war, ließen Noach und die anderen Führer je eine weiße Taube fliegen, die ihnen über das Ausmaß der Vernichtung berichten sollte. Als sie nicht zurückkamen, gingen alle davon aus, dass das Wasser sich zurückgezogen hatte und sie mit dem Verlassen ihrer Unterkunft beginnen konnten.

Jetzt sollte eine neue Ära auf Terra entstehen. Doch zu aller Leidwesen dauerte es nur ein paar hundert Jahre, und schon war der alte Zustand der Terraner wieder hergestellt. Die Menschen verfielen in alte Traditionen. Sie vermehrten sich wie vorher und die alten Sehnsüchte und Schlechtigkeiten hielten wieder Einzug. Sogar das gleiche Spiel mit den Wesen der anderen Dimensionen.

Denn die sogenannten Götter nahmen sich wieder die hübschesten Frauen und vergnügten sich mit ihnen, auf die gleiche Art und Weise wie vor der großen Flut. Jahwe betrachtete diese Vermischung mit großer Sorge. Die Terraner trachteten nach etwas Höherem. Weil sie mit den Götterwesen nicht mithalten konnten, versuchten sie es mit einem einfachen Trick.

Sie schlossen sich zusammen und mit vereinten Kräften bauten sie einen großen Turm in der Stadt Babylon.

Hiermit wollten sie so hoch hinaus bis in den Himmel, um es den Göttern gleich tun zu können. Denn diese kamen und verschwanden immer wieder, wie sie es wollten aus heiterem Himmel. Nur, das konnte und wollte Jahwe nicht zulassen. Obwohl er genau wusste, dass die Terraner das nicht schaffen konnten, denn für solche Aufgaben waren sie nicht geschaffen. Es gab hier Grenzen, die sie nicht überschreiten konnten. Das war Jahwe zu viel.

Bis zu diesem Zeitpunkt sprachen noch alle Terraner dieselbe Sprache. Jahwe wusste nicht so recht, wie er die Terraner für diese Überheblichkeit, sich auf die gleiche Stufe stellen zu wollen, wie die Götter, bestrafen sollte. Da kam ihm von Seiten der Götter eine grandiose Idee.

Er sorgte dafür, dass ihre Sprache verwirrt und verzerrt wurde. Es dauerte einige Jahrzehnte, bis er das realisiert hatte, doch es gelang ihm anscheinend ganz gut.

Von hier an griff Jahwe in die Psyche der Terraner ein und wunderte sich selbst, wie einfach das war. Hier konnte er seine ganze Geschicklichkeit, die er im Laufe seiner Durchwanderung von der einen in die andere Dimension erlangte, voll ausnutzen. Mit der Zeit konnten sich fast alle Völker auf diesem Planeten nicht mehr miteinander in nur einer Sprache verständigen. Damit hatte Jahwe einen seiner wichtigsten Punkt erreicht, und musste sich keine Gedanken mehr machen über die Zukunft machen.

Sie konnten sich nicht mehr so einfach vereinigen, um die Autorität der Götter infrage zu stellen. Das war es, was die Götter nicht zulassen konnten, denn dann würden sie ja ihre Vorherrschaft verlieren.

Sie wollten sich zwar nach Belieben weiter mit den Dreidimensionalen vergnügen, um den Freuden des Lebens nachzugehen. Doch so weit, sollte es nicht kommen, dass dadurch eventuell die Terraner meinten, sie würden schon halbe Götter sein. Sich dann sogar vorstellen könnten, auf dem richtigen Weg zu sein, es den Wesen aus der Vierten, Fünften und Sechsten gleichzutun.

Zwei dieser Halbwesen, gezeugt von Vierdimensionalen mit Dreidimensionalen hatten sich besonders hervorgetan und für ein gottloses, gesetzloses Bild Babylons gesorgt.

Durch eben diese beiden, es waren Marduk und Nebo, wurde Babylon in ein Sinnbild für Stolz, Unterdrückung, Überfluss, sexuelle Freizügigkeit und Götzenverehrung.

Die Götter, allen voran Odin, sahen das als eine Anmaßung an und beschlossen gemeinsam im Rat der Götter, dem nicht nur friedliebende Wesen, sondern auch brutale Herrscher angehörten, die Stadt Babylon zu vernichten. Sie warteten nur noch auf ein entsprechendes Ereignis im Universum, das es ihnen leichter machen sollte.

Aufgrund ihrer Fähigkeiten, in den Dimensionen herumzuwandern wie sie wollten, konnten sie Kometen, die sehr zahlreich im All herumzogen, beeinflussen, sodass sie ihre vorgegebene Bahn veränderten, um dann gezielt einen Punkt auf Terra zu treffen.

So war es der Komet RX 14 Z, der ca. 700 Jahre vor der Zeitrechnung die Stadt Babylon traf, sie in einen glühenden Feuerball taufte, und vollkommen ausbrennen ließ. Eine noch weitaus härtere Strafe ließ Jahwe all den Überlebenden zukommen.

Alle, die einerseits von den Göttern und andererseits von den Terranern abstammten, belegte Jahwe mit einem Fluch. Keiner dieser Halbwesen konnte von nun an älter als 120 Jahre alt werden.

Das Göttliche sollte sich nicht mehr so fortpflanzen können. Damit waren die menschlichen Versuche, göttlichen Charakter und Standard zu erreichen, von vornherein zum Scheitern verdammt.

Wir beobachteten Jahwes Vorgehensweise mit Skepsis. Anscheinend aber war er zufrieden mit seinen Taten. Doch durch Ilja, alias Elia, erfuhren wir, dass diese Entscheidungen nicht nur alleine von Jahwe kamen, sondern es war ein Beschluss des Rates der Götter.

Diese Götter wollten ihren Status, den sie unter der Menschheit genossen, auf keinen Fall verlieren. Es war schon beängstigend, wie diese Vier- bis Sechsdimensionalen mit den primitiven Dreiern umgingen.

Hatten sie doch vorher alles aus eigener Erfahrung betrachten können, aber anscheinend aus ihren Techniken und der eigenen Sicherheit, dass sie unsterblich waren, gar nichts gelernt. Wir kamen aus dem Staunen nicht heraus. So hatten wir uns die Entwicklung von Terra nicht vorgestellt.

Normalerweise sollte uns nur die Beobachtung vorbehalten sein, doch Elia machte sich einen Spaß daraus, immer wieder in das Geschehen einzugreifen.

Was ich nicht wusste, und erst durch Iljas Verwandlungskunst erfuhr, war, dass er in der Lage war, sich sogar in mehrere Dreidimensionale zu versetzen. Dazu benötigte er allerdings die Körper derer. Er stieg einfach in deren Innerstes ein, übernahm deren Geist, und alles andere blieb, wie es war. Niemand ahnte, dass in diesem Körper in Wirklichkeit ein Wesen aus der Siebten steckte.

In diesem besonderen Fall schlüpfte er in den Körper von Nebukadnezar. Diesen hatte Ilja sich willkürlich ausgesucht. Beim Durchforschen seines Wesens stieß er auf die Bereitschaft die Stadt Babylon wieder aufzubauen. Er wollte sie zu einer der bedeutendsten Städte dieser Region machen. Sein Wissen, und das von Nebukadnezar, verhalfen Ilja, alias Nebukadnezar, aus den verbrannten Ruinen Babylons neues Leben entstehen zu lassen.

Was Ilja nicht wusste, war die schreckliche Gewissheit, dass Nebukadnezar vorher die Stadt Jerusalem völlig zerstört hatte, sich hier mit dem Neuaufbau von Babylon ein bleibendes Denkmal setzen wollte. Das aber störte Ilja weniger, für ihn war es einfach eine Herausforderung, mit seinen Fähigkeiten als Siebener, einen Dreier zu spielen. Durch seinen Umgang mit den Atlantern hatte er wirklich viele Erinnerungen über die Erstellung von Bauten riesigen Ausmaßes.

Diese Erinnerungen brachte er nun als Nebukadnezar mit dem Aufbau der Stadt Babylon zur Vollendung. Die überlebenden Babylonier dankten es ihm mit Hochachtung und ließen ihn zur Gottheit werden, nicht ahnend, dass er in den Augen der Terraner ja ein Gott war. Was uns allerdings auffiel war, dass die Bewohner nichts von der Schlechtigkeit ihrer Vorfahren verlernt hatten.

In ihrer Blütezeit wurde Babylon wieder eine der lasterhaftesten Städte um die beiden Flüsse Euphrat und Tigris.

Jahwe sah das schon wieder mit großer Sorge. Er beschloss das Land Israel und deren Bewohner für immer und ewig dafür zu bestrafen, dass sie es gewagt und versucht hatten, die Götter herauszufordern, in dem sie ihnen nacheiferten. Damit hatte Jahwe einen wirklichen Sündenbock gefunden, der seiner Wut gerecht wurde.

Sogar Tausende von Jahren nach der Zeitrechnung sollte das gesamte Volk der Israeliten noch weiter unter dieser Bestrafung, und unter diesem Zorn leiden.

Das stellten wir wieder einmal fest, nachdem Ilja und ich zu neugierig waren, was uns noch alles in der Zukunft erwarten würde. Denn die Ereignisse auf Terra häuften sich. Deshalb war es aber auch gar nicht so einfach für uns, den genauen Überblick zu behalten, obwohl Jahwe uns weiterhin darüber unterrichtete, was Sache war, doch mittlerweile waren wir uns bei ihm nicht mehr so sicher.

Immer mehr verbrüderte er sich mit dem Rat der Götter. Ilja dagegen war immer noch in der Rolle des Nebukadnezars unterwegs. Die Babylonier wurden mittlerweile von Nebukadnezar und seinem letzten obersten Herrscher, „Belsazar" regiert. Dieser Belsazar lebte in Saus und Braus. Seine Gefolgschaft verweigerte ihm stets den Dienst und so wurde die Stadt Babylon im Volksmund als die „Mutter der Huren und Abscheulichkeiten" betitelt.

Für den persischen Herrscher Kyros war es deshalb auch ein Leichtes, die Stadt Babylon zu erobern und zu unterwerfen. Kyros war ein sogenannter Halbgott.

Und ausgerechnet dieser Kyros wurde vom Rat der Götter beauftragt, mit Babylon reinen Tisch zu machen. Kyros war es auch, der Nebukadnezar für sieben Jahre aus der menschlichen Gesellschaft verbannte. Er wurde von Kyros in eine Art Zwischenwelt geschickt. Diese Zwischenwelt befand sich genau in der Mitte der Dreidimensionalen und Vierdimensionalen.

Aufgrund seiner biologischen Möglichkeiten konnte Kyros dieses Experiment wagen. Mehr war für ihn als Halbgott nicht zu machen. Die Fähigkeit, direkt in die „Vierte-Dimension" zu wechseln, war ihm verweigert. Er war einfach noch nicht so weit. Möglicherweise würde Kyros das auch nie schaffen. Aber er gab sich schon als ein höhergestelltes Wesen aus. So nebenbei erfuhren wir von Ilja, dass Nebukadnezar der Vater von Belsazar war.

Eben dieser Belsazar hatte seine Lebensaufgabe darin gefunden, große Feste zu feiern und bei diesen Gelagen verführte er reihenweise die schönsten und hübschesten Mädchen Babylons.

Bei einer seiner ausschweifenden Feste ließ Kyros dann Belsazar einfach ermorden. Es sollte abschreckend für alle Babylonier wirken.

Damit hörte schlagartig die Götzenverehrung auf, denn alle Babylonier waren geschockt von dieser abscheulichen Tat.

Jahwe hatte alle Fäden im Hintergrund gezogen und war mit seinen Anweisungen und Ausführungen sehr zufrieden. Für die Zukunft stand der Name Babylon immer für das Reich, das sich gegen Jahwe gewandt hatte. Es sollte abschreckend für alle Nachkommen sein, die sich immer wieder der Versuchung unterwarfen, den Göttern gleichgestellt zu sein.

Zeus, dieser Name sollte uns noch so einiges Kopfzerbrechen machen. Mittlerweile hatten wir von Jahwe erfahren, dass die Menschen auf diesem Planeten sich so weit entwickelt hatten, wie wir es nicht im Entferntesten gehofft hatten. Bei den einzelnen Völkern kam es immer wieder vor, dass sich einige wenige hervortaten. Sie mussten anscheinend überall die Herrschaft übernehmen, oder versuchten ihre eigenen Leute zu bevormunden.

Es erschien uns, als ob in deren Köpfen sich eine fremde Macht eingenistet hatte.

Wie sonst kamen diese Menschen auf die unmöglichsten Dinge. Sie spielten sich auf, etwas Besseres zu sein. Ja, sie wollten Macht über ihre Mitmenschen haben. Wir wussten in der Zwischenzeit, wer sich alles im Rat der Götter etabliert hatte. Viele dieser Götter glaubten immer noch, aufgrund ihrer höheren Dimension, über alle anderen einfach so bestimmen zu können. Selten waren es die sogenannten „Guten", also diejenigen, die nie seit ihres Bestehens Macht oder Befehlsgewalt über ihresgleichen verübt hatten.

Beim Durchwandern der einzelnen Dimensionen kam es gelegentlich vor, Scharlatane zu entdecken, die ihrem natürlichen Schicksal entronnen waren. Diese Scharlatane waren dann auch diejenigen, die sich im Rat der Götter als die „Größten" entpuppten.

Natürlich hatten sie die Fähigkeiten, wie alle anderen dieser Dimensionen, die Menschen zu manipulieren. Nur sie wollten mehr, sie wollten die absolute Herrschaft über ihre Untertanen, denn so bezeichneten sie die Untertanen als „Kreaturen".

Auf Terra hatten sich die einzelnen Völker so weit entwickelt, dass sie, jedes Volk für sich, eine eigene Gesetzgebung eingeführt hatten. Es gab da bestimmte Vorgesetzte, also einige, die dafür sorgten, dass das Leben in etwa in geordneten Bahnen verlief.

In Jahwe hatten sie einen Vorgesetzten, der ihnen hierbei mit Rat und Tat zur Seite stand. Er kannte diese Problematik schon aus anderen Gegenden, und bat uns immer um Rat, wenn er bestimmte Entscheidungen treffen wollte. Wir wollten eigentlich damit gar nichts zu tun haben, denn wir wollten nur sehen, was das für Auswirkungen haben könnte.

Aber, da es doch so viel Streit und Zwietracht unter unseren Erschaffenen gab, mussten auch dementsprechend bestimmte Gesetze eingeführt werden, so meinte es jedenfalls Jahwe, damit ein einigermaßen geordnetes Zusammenleben stattfinden konnte.

So war es auch nicht verwunderlich, dass diese vermeintlichen Vorgesetzten sich bei Jahwe Rat holten, was sie denn anstellen konnten, damit nicht Mord und Totschlag in der Gesellschaft Überhand nahmen. Es war offensichtlich, dass sich niemand von dem Nachbarn oder einem Fremden sein Eigentum wegnehmen lassen wollte.

Irgendetwas musste geschehen, dieses unter Kontrolle zu kriegen. Sie gaben also Jahwe den Auftrag, dafür zu sorgen, einen über alles stehenden und zu entscheidenden Richter zu finden, der ihnen zu ihrem Recht verhalfen sollte.

Damit hatten sie bei Jahwe seinen Nerv getroffen und etwas Besonderes ausgelöst. Das war das, was er schon immer für erstrebenswert gehalten hatte.

Er machte sich auch gleich daran, zu erkunden, wie es bei den anderen Völkern von Terra, Thora und Tantra aussah. Überall das gleiche Problem. Jahwe erinnerte sich an seine Zeiten, als er noch die einzelnen Dimensionen durchlief. In jeder, dieser Dimension, traten die gleichen Probleme auf.

Wieso das so war, meinte er zwar zu wissen, doch so richtig hatte Jahwe den genetischen Code immer noch nicht verstanden. Wir kannten ihn allerdings ein bisschen besser, aber zu unserer Schande mussten auch wir eingestehen, doch nicht so genau, um dieses Phänomen zu beherrschen.

Damit wir darüber Näheres erfahren sollten, schloss sich Ilja meinen bisherigen Gedanken an, und wir bündelten zusammen unsere Fähigkeiten. Übrigens das erste Mal, um dem Treiben im Rat der Götter nahezukommen. Durch die vielen unterschiedlichen Charaktere im Rat, war es selbst für diese ausgesuchten Kenner der Dimensionen nicht einfach, sich zu behaupten.

Die meisten hatten mit den Problemen auf Terra überhaupt nichts im Sinn. Sie begnügten sich damit, in ihrer eigenen Welt, so gut es ging, zurechtzukommen.

Diese, für sie unterprivilegierten Terraner, sollten doch selber sehen, wie weit sie kommen würden mit ihren minimalen Fähigkeiten. Aber, es gab auch einige darunter, die sich immer freuten, sogar primitiven Geschöpfen zu zeigen, dass es auch Intelligente gab, die ihnen weit überlegen waren.

Nach reiflicher Überlegung schlossen sie sich Jahwe endlich an. In seinem Bemühen, den einzelnen Gruppierungen auf Terra, jemanden voranzustellen, der ihnen den richtigen Weg zeigt, in Jahwes Augen, um endlich aus dem Sündenbabel zu entfliehen. Jahwe wusste genau, was aus Babylon geworden war. Es hatte zwar nicht den Effekt erzielt, wie erhofft, doch sollten sich solche Geschehnisse so schnell nicht wiederholen.

Daraufhin kam Jahwe zu uns und bat uns um Rat. Doch wir wollten uns nicht einmischen. Damit hatten wir nichts zu tun. Unsere Aufgabe war erfüllt. Was nun aus diesem Experiment würde, hatten wir nicht mehr zu verantworten.

Nachdem wir Jahwe das klar machten, setzte er sich mit fast allen, bis zu diesem Zeitpunkt gewählten oder nicht gewählten Führen der Völker zusammen, um darüber zu beraten, was geschehen sollte. Natürlich war das nicht so einfach, denn jeder meinte übervorteilt zu werden.

Wer wollte sich denn von heute auf morgen von seinem Nachbarn sagen lassen, was er zu tun und zu lassen hatte. So dauerte es eine geraume Zeit, diese Völker zu überzeugen, dass, wenn sie sich zu einem Oberhaupt entscheiden würden, eine für alle akzeptable Regelung das Beste sei.

Wie sollten sie sich auch den Wünschen Jahwes entziehen, war er doch für sie das eigentliche Oberhaupt. Doch in der vergangenen Zeit sah das nicht immer so aus. Die Terraner hatten sich weiter entwickelt, auch auf geistiger Ebene. In jedem Volk gab es einige, die selbst die Existenz von Jahwe infrage stellten.

Im Rat der Götter bahnte sich eine Entscheidung an. Alle Götter hatten beschlossen, sich einem neuen Gott unterzuordnen. So glaubten sie, das ewige Gerangel unter ihnen würde endlich ein Ende bringen. Wo sollten sie aber nur einen entsprechenden Führer herzaubern?

Es konnte nicht jemand sein, der die gleichen Fähigkeiten besaß wie sie. Um zu einem Ergebnis zu kommen, baten sie Jahwe, ihnen zu helfen. Ihm trauten sie das wohl zu. Ihre Bedenken, bezüglich seiner Loyalität, wollten sie fürs Erste beiseiteschieben.

Jahwe berichtete uns sofort vom Beschluss der Götter. Jahwe selbst war geschmeichelt. Genau das war es, was er brauchte. Er hatte aber schon jemand im Visier. Vor vielen, vielen Lichtjahren hatte Jahwe Kontakt zu einem Volk aus einer weit entfernten Galaxie. Entfernungen spielten bei den Göttern zwar keine Rolle, doch von dieser Galaxie hatten auch sie bisher keine Ahnung. Durch Zufall ist Jahwe ihnen einmal begegnet, als er auf der Suche nach Wesen war, die einer noch höheren Dimension angehörten als er.

Von Ilja und Hemma bekam Jahwe vor einiger Zeit den Auftrag, Nachforschungen nach höherer Intelligenz anzustellen. In einer bisher unbekannten Galaxie, weiter entfernt als alle anderen, konnte Jahwe Hyperwellen entziffern, die nicht mit den Bisherigen übereinstimmten.

Es war die Kings-Galaxie. Nicht zu vergleichen mit den bekannten Galaxien. Unvorstellbar, dass diese Galaxie noch vor einigen Milliarden

Jahren nicht existent war. Wir, wie auch Jahwe, kannten durch unsere Wanderungen der verschiedenen Dimensionen nahezu jeden Winkel des Universums. Wo diese Galaxie entstand, hatten wir noch nicht mitbekommen. Es war für uns wie ein Wunder.

Wieso Wunder? Das war eine Erfindung der Neuzeit, als davon im 15. – 16. Jahrhundert der neuen Zeitrechnung die Rede war. Wir wussten aber genau, Wunder konnte es gar nicht geben. Das bildeten sich viele Existenzen ein, die von bestimmten Sekten beeinflusst wurden. Sekten hatten sich in der Neuzeit auf Thora, Tantra und Terra gebildet.

Jemand, aus dem Rat der Götter, hatte sich dieses Spielzeug einfallen lassen um die Wesen, über die er Macht hatte, zu kontrollieren. Das war eine Riesenfehleinschätzung. Nach einiger Zeit merkte er, dass er nicht mehr Herr über diese Sekten war und wollte es beenden, doch dazu fehlte ihm das nötige Etwas.

Er wusste nicht wie er bei den Sektenmitgliedern den genetischen Code ändern sollte. Anscheinend glaubte er der Größte zu sein, doch bei dieser einfachen Änderung reichte sein Wissen nicht aus. Jahwe versuchte konzentriert Kontakt mit einem dieser Wesen aus der

Kings-Galaxie aufzunehmen. Es war nicht einfach. Tausende Planeten waren hier in dieser Galaxie. Jeder Planet hatte seine eigene Geschichte. Jahwes Nachforschungen begannen in der sechsten Dimension. Als Sechser sollte es für ihn kein Problem sein, Kontakt mit einem Sechser der Kings-Galaxie aufzunehmen.

Zu seiner Überraschung dauerte es auch nicht lange, und er fand einen Planeten in dieser Galaxie, der nur von Sechsern bewohnt war. Das hatten wir nicht geglaubt als Jahwe uns davon berichtete. Diesem Phänomen wollten wir sofort auf den Grund gehen, und beschlossen, unsere Hyperwellen zu bündeln, gleichzeitig aber unseren Schutz verstärkt beizubehalten. Kein fremdes Wesen sollte von unserer Existenz erfahren und auch nicht merken, dass wir Überprüfungen anstellten.

Was wir entdeckten, war auch für uns unglaublich. Dieser Planet Vasialys, so wurde er in dieser Galaxie benannt, war wirklich etwas ganz „Besonderes". Er verstand es, allen bewohnten Planeten dieser Galaxie klarzumachen, dass hier auf Vasialys die Auserwählten des Universums leben. Schon der Name Kings-Galaxie sollte alle Wesen beeindrucken, die jemals daran zweifeln würden, dass hier die Elite lebt.

Wir wurden noch weiter überrascht durch unsere Überprüfungen. Immer wenn wir in die Gehirne der Wesen eindrangen, stellten wir fest, dass die meisten keine Sechser sind, sondern nur Fünfer. Nur eine kleine Mehrheit zählte zu den Sechsern.

Dieser kleinen Mehrheit waren alle Wesen auf Vasialys total untergeordnet. Wir drangen tiefer in deren Gedächtnisse ein, um zu sehen, warum sie eine für uns unverständliche Ehrfurcht vor den Sechsern hatten. Was hatte sie dazu gebracht, zu ihnen aufzuschauen und sie zu verehren?

Aber unter den Sechsern gab es sogar eine bestimmte Rangordnung. Angeführt wurden sie von einem Oberhaupt, das sich selbst dazu ernannt hatte. Einige treue Gefolgswesen waren ihm bedingungslos unterstellt. Diese allerdings hatten wieder die Macht über ihre eigenen Untertanen. In der ganzen Galaxie war es die einzige Konstellation dieser Art. Alle Bewohner der anderen Planeten haben Vasialys akzeptiert. Für uns unvorstellbar.

Dieses Oberhaupt wollten wir einmal genauer unter die Lupe nehmen. Wir drangen immer tiefer in sein Inneres ein, ohne dass er es merkte. Alles, was er im Gehirn gespeichert hatte, lag offen vor uns. Überraschungen waren wir gewöhnt, doch ein Name tauchte mehrmals auf. Anscheinend hatte er wirklich vor sehr langer Zeit Kontakt gehabt mit Jahwe.

Jahwe hatte uns davon berichtet, aber dass sich dieser Kryptos den Namen Jahwe gespeichert hatte, war erstaunlich. Nach weiteren Nachforschungen merkten wir Unregelmäßigkeiten mit seinem Sohn Kyros. Der hatte schon lange beschlossen sich von seinem Vater loszusagen. Er wollte ein neues Imperium weit weg von ihm aufbauen.

Kyros suchte nach einem besonderen Planeten, den er für seine Zwecke missbrauchen konnte. Heimlich spionierte er deswegen seinen Vater aus und entdeckte, dass der schon seit einiger Zeit mit Jahwe in Verbindung stand. Dieser Jahwe hatte seinem Vater Kryptos so nebenbei von einem wunderschönen „Blauen Planeten" erzählt.

Kyros musste es aber sehr geheimnisvoll anstellen, nicht von seinem Vater entlarvt zu werden. Wenn Kryptos herausfinden sollte, was Kyros von ihm wissen wollte, würde er ihn bestimmt zurück in die nächst niedrigere Dimension verbannen. Doch das war auch für ihn nicht so einfach.

Bisher hatte Kryptos noch nie erlebt, dass einer aus der Kings-Galerie es versucht hatte, die Kings-Galerie zu verlassen, um sich auf einem fremden Planeten niederzulassen. Deshalb war es für seinen Sohn so wichtig, nicht entdeckt zu werden. Er hatte viel zu viel Angst vor seinem Vater. Was auf ihn dann zukommen sollte, konnte er sich nicht vorstellen.

Doch die Bewohner der Kings-Galerie waren in ihrer Entwicklung den meisten im Universum um einiges voraus.

Es waren alles Sechser, dachten sie, und das sagt schon, wie intelligent und fortgeschritten sie waren. Dreier, Vierer und Fünfer würden diese Entwicklung nie verstehen. Wir nahmen uns vor, sie etwas genauer zu untersuchen.

Stellten nach einer gründlichen Hyperwellen-analyse fest, dass sie eben nicht alle Sechser waren. Einige haben es nicht geschafft Sechser zu werden, wurden dadurch automatisch zu Untergebenen. Unglaublich.

Uns war aber klar, alle Sechser konnten aufgrund ihrer Herkunft, ohne Einschränkung Zeitreisen vornehmen, und sich auf andere Planeten materialisieren. Das war es auch, was uns stutzig machte.

In der Vergangenheit haben wir des Öfteren von plötzlich auftauchenden Königreichen auf Terra und auf Tantra gehört, denen aber nicht unsere Aufmerksamkeit gewidmet.

Jahwe machte uns darauf aufmerksam, wieso so viele Könige plötzlich das Geschehen auf den Planeten beherrschten.

Das wollten wir uns genau ansehen. Ilja wollte eine Art Überprüfung auf unseren drei Planeten starten, um zu sehen, was oder wer sich auf denen eingenistet hat. Ich musste ihm ohne Einwand zustimmen, und so versuchten wir herauszufinden, allerdings ohne Jahwe darüber zu informieren, was vorging.

Auf Terra und Tantra herrschte der allgemeine Glaube, dass ein König von den Göttern auserwählt wird.

Bei den Thoranern sah alles etwas anders aus. Sie überraschten uns, denn sie waren sogar den Wesen von Vasialys überlegen, was wir erst nicht glauben wollten. Das lag aber an deren Atmosphäre.

Deshalb konnten diese Wesen nur auf Tantra und auf Terra Fuß fassen. Was sie aber nicht wussten, auf Terra herrschte eine vollkommen andere Atmosphäre als auf Thora und Tantra. Die Thoraner kamen damit klar. Sie hatten bisher in ihrem Dasein und Verhalten an sich überhaupt keine Veränderungen feststellen können.

Als wir damals bei der Suche nach drei gleichen Planeten Ausschau hielten, haben wir nicht hundertprozentig auf die gleiche Atmosphäre geachtet. Thora, Tantra und Terra waren die richtigen, dachten wir. Jetzt, im Nachhinein stellen wir fest, dass es doch für die Vasialyer von großer Bedeutung ist.

Auf Terra verloren die Vasialyer als Fünfer nach und nach ihre Fähigkeiten. Es waren drei gleiche und doch total verschiedene Welten. Das Hin- und Herbeamen war ihnen in die Wiege gelegt, deshalb dachten sie nie darüber nach und hatten dabei auch nie Probleme.

Alle Vasialyer glaubten, sie sind im Universum sowieso allen anderen Geschöpfen weit überlegen. Das war ein fataler Irrglaube, denn nur die Sechser unter ihnen waren immun, die Fünfer leider nicht.

In der Tantra-Atmosphäre machte es sich nicht bemerkbar, Thora mieden sie, wieso wussten sie wohl selber nicht.

Sie überprüfen immer, wenn sie in die Atmosphäre eines ihnen noch unbekannten Planeten eintauchen, ob er auch ohne Bedenken für sie zu erobern ist. Thora muss aber wohl für sie nicht geeignet gewesen sein, oder er erschien ihnen zu gefährlich.

Terra dagegen schien in dieser Galaxie der am besten geeignete Planet für ihre Zwecke zu sein. Kyros hatte sich diesen Planeten ausgesucht und glaubte, hier all seine Fähigkeiten voll ausleben zu können. Auf Terra sollte sein neues Imperium entstehen, in dem er der alleinige Herrscher war.

Allerdings war die Terra-Atmosphäre schon gar nicht geeignet. Sie enthielt nämlich 2 % Argon, das hatte Kyros nicht bedacht. Im Gegenteil zu Thora mit 5 % Helium und Tantra mit 10 % Krypton, merkten sie nicht, dass sie so nach und nach wieder in die Dritte katapultiert wurden und es für sie kein Zurück mehr gab. Helium und Krypton schadete den Vasialyern nicht, doch Argon machte einfach wieder Dreier aus ihnen.

So gab es in ferner Zukunft überall auf Terra Herrscher aus der Kings-Galaxie, die von sich behaupteten, sie stammen von Göttern ab und sind die neuen Könige dieser Welt.

So benahmen sie sich dann auch, denn sie dachten, sie seien allen anderen, ihnen bekannten Wesen weit überlegen und jeder muss sich nach ihnen richten und sich ihnen vollkommen unterordnen.

Viele Generationen danach wurden die Menschen langsam von diesem Fluch befreit. Das gelang aber auch nur durch Vereinigungen mit Dreiern und deren Nachkommen. Diese Nachkommen verloren auch die letzten Überbleibsel der Vasialyer-Identität.

Bis jetzt glaubten alle Könige, und deren Nachkommen, sie hätten blaues Blut. Erst Jahrhunderte später merkten sie so nach und nach eine Veränderung in ihren Genen. Ihr Blut wurde durch die verbotenen Verbindungen mit Dreiern immer heller und rötlicher. Sie wussten aber nicht wieso, und machten sich auch weiter keine Gedanken darüber.

Denn sie lebten weiter in ihrer eigenen Kaste, Vermählungen fanden nur unter ihresgleichen statt, nur das nutzte nichts. Bis heute waren Hochzeiten mit Terranern verboten. Alle Vasialyer auf Terra unterlagen ihrem Ehrenkodex. Wer sich nicht daran hielt, wurde ohne Zögern aus dem Clan ausgeschlossen, verbannt oder sogar ermordet.

Alle bisherigen Könige auf Terra waren ausnahmslos davon betroffen. Inzwischen hatten alle auf Terra verbliebenen Vasialyer, so nach und nach erfahren, welcher Gefahr sie ausgesetzt waren, wenn sie einen längeren Aufenthalt auf Terra hatten.

Sie konnten wirklich nur eine sehr kurze Zeit sich der 2%igen Argon-Terra-Atmosphäre aussetzen. Sogar eine kurze Zeit von einigen Tagen schadete ihnen so stark, dass sie nie mehr zurück in die Kings-Galerie materialisieren konnten.

Kyros hatte ein schlechtes Gewissen bekommen, und wusste nicht so genau, wie er das seinen Freunden und Verwandten beibringen sollte.

Im Geheimen hatte Kyros alle seine Verwandten überreden können, mit ihm das neue Imperium auf Terra aufzubauen. Jeder konnte sich ein bestimmtes Gebiet aussuchen, in dem er seine Macht ausüben wollte.

König Gilgamesch nahm die Stadt Uruk für sich, Saul nahm Israel, Kunfuzius Lao Tse suchte sich China aus, König Krösus nahm Lydien, König Mausolos übernahm Karien, König Menes das unterägyptische Reich, König Mentu-

hotep II. die Hauptstadt Theben, Königin Hap-
schepsut wollte das Reich der Hethiter in As-
syrien, Amenophis IV., verheiratet mit No-
fretete verehrten den Sonnengott Aton, der
sich später Echnaton nannte, Ramses II. wollte
unbedingt Palästina, und das große persische
Reich ging an König Xerxes.

Auf Terra waren mittlerweile Tausende von
Jahren vergangen. In dieser Zeit haben alle
Herrscher auf Terra es vermieden, und absolut
geheim gehalten, wenn sie mal Besuch aus der
Kings-Galerie bekommen hatten.

Niemand durfte das wissen. denn alle Besucher verloren nach kurzer Zeit ihre Dimension
und wurden dann nur noch Dreier.

Auf Tantra dagegen passierte nichts. Vasialyer
blieben Tantra fern. Unser Dreier-Experiment
veränderte sich langsam und nahm ohne unser
Zutun andere Formen an. Wir hatten schon so
viel in unserer Zeit erlebt, doch mit dieser
Entwicklung konnten wir nicht rechnen.

Jahwe benahm sich seit einiger Zeit so, als wäre er nicht mehr derselbe. Wir kannten ihn so
nicht, versuchten in ihn einzudringen, merkten
dann, dass etwas ihn total aus der Bahn geworfen hatte. Nur was, wollte Jahwe nicht sagen.

Plötzlich kam Jahwe zu uns. Er fühlte sich in seiner Haut gar nicht mehr wohl. Es ließ ihm einfach keine Ruhe. So richtig wusste er aber nicht, wie er uns das erzählen sollte. Es kam ihm wie ein Verrat vor, wenn er sich uns jetzt offenbaren würde.

Jahwe unterrichtete uns dann über ein sehr seltsames Verhalten der Götter. Bei seinen ständigen Beobachtungen hatte er mitbekommen, dass die Götter sich untereinander nicht einig waren. Wieso hatte er überhaupt davon erfahren? Was war mit Jahwe geschehen? Sollte Jahwe langsam so weit sein, in die nächst höhere Dimension zu verschwinden?

Für uns war Jahwe ein „Sechser". Was wäre aber, wenn er zu uns in die Siebte Dimension aufsteigen würde? Dann ist er uns plötzlich gleichgestellt? Das kann nicht sein. Es muss aber inzwischen etwas Besonderes in seiner Entwicklung geschehen sein, denn sonst könnte er sich nicht so unwohl fühlen. Von den Geschehnissen um ihn herum, ganz abgesehen.

Jahwes Gedanken drehten sich im Kreis. Er hatte den Eindruck den Göttern plötzlich näher zu sein, als uns. Seit er denken und empfinden kann, waren die Götter für ihn in unerreichbarer Ferne.

Jahwe hatte das Gefühl, dass die Götter sich ihm sehr merkwürdig gegenüber benahmen. Sie waren plötzlich in weite Ferne gerückt. Es war sehr schwer für ihn, mit ihnen in Kontakt zu treten, wie er es in der Vergangenheit gewohnt war.

Es ließ ihm keine Ruhe, denn es schien ihm doch merkwürdig zu sein, dass die Götter sich immer, und immer mehr mit Ilja und mir beschäftigten. Jahwe wollte das einfach nicht begreifen. Nur, was sollte er machen, und wie sollte er mehr von diesen seltsamen Dingen erfahren?

Deshalb bat er uns, mit unseren Fähigkeiten einmal nachzuforschen, ob wir Näheres darüber in Erfahrung bringen konnten. Jahwe schien wirklich großes Vertrauen in uns zu haben. Das allerdings war auch uns nicht möglich. In der Vergangenheit hatten wir schon mehrere Male versucht in die Hyper-Wellen der Götter einzudringen. Leider waren sie uns weit überlegen. So gerne wir das auch wollten, da war nichts zu machen.

Was hatten sie nur mit uns vor? Schon seit einiger Zeit schwirrten nicht zu lokalisierende Gedanken in unseren Hyperwellen herum. Eine schreckliche Ahnung überfiel uns plötzlich.

Sollte dieses eigenartige Verhalten der Götter schon unser Ende sein, als Siebener? Es war schon sehr komisch.

Ilja und ich waren jetzt schon fast eine Ewigkeit in der siebten Dimension. Könnte nun der Zeitpunkt gekommen sein, diese Dimension zu verlassen?

Dieses seltsame Verhalten brachte uns dazu, zu vermuten, lange genug in der Siebten gewesen zu sein. Wir hatten diese Prozedur schon mehrere Male erlebt, beim Durchschreiten von der Dritten in die Vierte, weiter in die Fünfte, die Sechste und in die Siebte.

Sollte jetzt der Zeitpunkt gekommen sein, eine Stufe höher angesiedelt zu werden. Vom Siebener zum „Achter". Wie weit sollte das noch gehen? Damit wäre auch das Ende unseres 3er-Experiments eingetreten. Unsere Aufgabe funktionierte fantastisch. Das „im Auge behalten" des 3er-Experiments würden jetzt bestimmt andere „Siebener" übernehmen.

Wir sind beide voller Zuversicht in der „Achten" um ähnliche Herausforderungen zu meistern.